毕飞宇文集

上海往事

SHANGHAI TRIAD

毕飞宇 著

人民文学出版社

图书在版编目（CIP）数据

上海往事/毕飞宇著.—北京：人民文学出版社，2022
（毕飞宇文集）
ISBN 978-7-02-016427-1

Ⅰ.①上… Ⅱ.①毕… Ⅲ.①长篇小说—中国—当代 Ⅳ.①I247.5

中国版本图书馆CIP数据核字（2020）第106334号

责任编辑	赵　萍
装帧设计	陶　雷
责任印制	王重艺

出版发行	人民文学出版社
社　　址	北京市朝内大街166号
邮政编码	100705
印　　刷	北京盛通印刷股份有限公司
经　　销	全国新华书店等
字　　数	133千字
开　　本	880毫米×1230毫米　1/32
印　　张	6.625　插页1
版　　次	2015年1月北京第1版
印　　次	2022年1月第1次印刷
书　　号	978-7-02-016427-1
定　　价	52.00元

如有印装质量问题，请与本社图书销售中心调换。电话：010-65233595

新 版 序

人民文学出版社版的《毕飞宇文集》初版于 2015 年。感谢人民文学出版社对我的厚爱，2020 年，他们打算做一些订正和增补，给读者朋友们送去一个更好的新版。但 2020 年是特殊的，许多事情都在 2020 年改变了它的轨迹，一套文集实在也算不了什么。

现在是 2021 年的秋天，感谢人民文学出版社；感谢读者朋友。除了感谢，我特别想在这里留下这样的一句话：2020 年，2021 年，它们是那样深刻地留在了我的记忆里。

毕飞宇
2021 年 9 月 17 号于南京龙江

序

这套文集收录了我从 1991 年至 2013 年之间的小说,是绝大部分,不是全部。事实上,早在 2003 年和 2009 年,江苏文艺出版社和上海文艺出版社就分别出版过我的文集。江苏文艺的是四卷本;上海文艺的是七卷本;此次人民文学出版社出版的这套文集则有九卷。递进的数据附带着也说明了一件事,我还是努力的。

我曾经说过这样的话:小说不是逻辑,但是,小说与小说的关系里头有逻辑,它可以清晰地呈现出一个作家精神上的走向。现在我想再补充一句,在我看来,这个走向有时候比所谓的"成名作"和"代表作"更能体现一个作家的意义。

感谢人民文学出版社,他们愿意为我再做一次阶段性的小结。老实说,和前两次稍有不同,这一次我有些惶恐。写作的时间越长,我所说的那个走向就越发地清晰,——我的写作是有意义的么?——它到底又有多大的意义呢?

我写小说已经近三十年了,别误会,我不想喟叹。我只是清楚了一件事,以我现在的年纪,我不可能再去做别的什么事情了,也做不来了。我只能写一辈子。说白了,我只能虚构一辈子。可再怎么虚构,我还是有一个基本的愿望,我精神上的走向不是虚构的,我渴望它能成为有意义的存在。

毕飞宇
2014 年 6 月 7 日于南京龙江

第 一 章

一

那时候不叫南京路，叫大马路。事情有一半就发生在大马路旁边。要我说，我还是喜欢上海的那些旧名字，一开口就是大上海的味道。有些东西新的招人喜欢，有些就不一样了。就说名字，不管是人名还是地名，总是旧的好。旧的有意思，有嚼头，见得了世面。旧名字不显山不露水，风风雨雨、朝朝代代全在里头，掐一掐全是故事。名字一换香火就断了，听在耳朵里再也不是那么回事了。

我是怎么到上海来的？全是命。你要相信命。多少人在做上海梦，他们的梦埋进了黄土，深更半夜变成了鬼火还在往上海冲。可我十四岁就成"小赤佬"了。叫"赤佬"是上海骂人的话，不好听。话要反过来说，你不到上海你能成为小赤佬？谁不想上大上海？十里洋场哪！可你来得了吗？来不了。老天爷不给你洋饭碗，你来了也活不下去，你连路都不会走。那时候上海人是怎么说的？"汽车当中走，马路如虎口。"喇叭一响,你还没有还过神来,汽车的前轮就把你吞了,后轮子再慢慢把你屙出来。你的小命就让老虎吃掉喽。我扯远了。上了岁数就这样,说出去的话撒大网都捞不回来。——我怎么来到大上海的?还不就是那个女人。

所有的下人都听说小金宝和唐老爷又吵架了。小金宝的嗓子是吵架的上好材料。老爷最初对小金宝的着迷其实正是她的嗓子。老爷常说:"这小娘儿们,声音像鹅毛,直在你耳朵眼里转。"老爷说这几句话时总是眯着眼,一只手不停地搓摸光头。他上了岁数了,一提起这个年轻女人满脸皱纹里全是无可奈何。但老爷身边的人谁都看得出,老爷的无奈是一种大幸福,是一种上了岁数的成功男人才有的喜从心上来。老爷是上海滩虎头帮的掌门,拉下脸来上海滩立马黑掉八条街。洋人在他面前说话也保持了相当程度的节制。但老爷到了晚年唐府里终于出现了一位敢和他对着干的人,是一个女人,一个年纪可以做他孙女的俏丽女人,一个罂粟一样诱人而又致命的女人。她不是老爷的妻,也不是老爷的妾,老爷只是花钱包了她,就是这样一个骚货和贱货硬是把老爷"治住了"。唐府的下人们私下说,男人越是有了身份有了地位就越是贱,人人顺着他,他觉得没劲,有人敢对他横着过来,他反而上瘾了。男人就希望天下的女人都像螃蟹,横着冲了他过来。小金宝是个什么东西?男人的影子压在身上也要哼叽一声的货,她就是敢把屁往老爷的脸上放!老爷挠着光头就会嘿嘿笑。下人们心里全有数,他就是好小金宝的这一口!

老爷在英租界的上好地段为小金宝买了一幢小洋房。这么多年来小金宝一直叫喊找不到一个称心如意的贴身丫头。老爷给她换掉五六个了。老爷弄不明白她为什么那么仇恨小姑娘，长短肥瘦都试了，没有一个合她的意。老爷不高兴地说："换了这么多丫头，你总不能让我给你找个带把的吧？"小金宝白了老爷一眼，扭着腰说："为什么不能？我们没把的伺候你们男人，为什么带把的就不能伺候伺候我？"老爷一脸无奈。老爷顺眼看了一眼立在门房的二管家。"我就要一个带把的！"小金宝说完了这句话生气地走了，她在临走之前拎住老爷的两只招风耳晃了两晃，老爷的光头弄得像只拨浪鼓，但小金宝的这一手分寸却是极好，生气、发嗲、撒娇和不依不饶全在里头，看得见七荤八素。老爷望着小金宝远去的屁股心里痒痒的，故意虎着一张苦脸。老爷背了手吩咐二管家说："再依她一回，给她找个小公鸡。"二管家低下头，小心地答应过。临了老爷补了一句："好好挑，挑一个没啼的。"

　　我跟在二管家的身后走向那扇大铁门。大铁门关得很严，在我走近的过程中，左侧的一扇门上突然又打开了一道小铁门。开门人又高又大，皮肤像白蜡烛，满脸都是油光，他的手背与腮边长满亚麻色杂毛，眼珠子却是褐色的。最让人放心不下的是他的睫毛，在他关注别人时他的睫毛总让人觉得他是个假人。他的两道褐色目光紧盯住我。我提了木箱望着他，脚下被门槛绊住了，打了一个踉跄。二管家伸出手扶住我，一脸不在乎地说："别怕，他是个白俄。"白俄伸出两只大巴掌，在我的身体上上下下拍了一遍。二管家对他说："小东西才十四。"白俄马上对二管家讨好地一笑,这一笑把我吓坏了,我贴到了二管家的身边。二管家笑着说:"第一次进唐府都这样。"

唐府的主楼是西式建筑。石阶的两侧对称地放了许多盆花。兰草沿了墙脚向两边茂茂密密地蓬勃开去。院子里长了法国梧桐,又高又大,漏了一地的碎太阳。二管家领着我从右侧往后院走。小路夹在两排冬青中间,又干净又漂亮,青砖的背脊铺成"人"字形,反弹出宁和清洁的光。我听见了千层布鞋底发出的动听的节奏,走在这样的路上心里自然要有发财的感觉。

"有钱真好。"我忍不住小声自语说。

"有钱?这算什么有钱?"二管家说,"大上海随你找一块洋钱,都能找到我们老爷的手印。"

"怎么才能有钱?"我把箱子换到另一只手上说。

"你越喜欢钱,钱就越是喜欢你。"

"钱喜不喜欢我?"我急切地问。

"到上海来的人钱都喜欢,"二管家不紧不慢地唠叨说,"就看你听不听钱的话。"二管家是个爱唠叨的人,一路上他的嘴巴就没有停止啃咬。我的运气不错,一下子就碰上了饶舌的人。饶舌的人一般总是比寡言者来得和善。

我说:"怎么听钱的话?钱能说什么话?"

"说什么话?"二管家说,"这年头钱当然说上海话。"

我跟了两步,说:"我听钱的话。"

二管家宽容地一笑,摸了我的头说:"那你就先听我的话。——你要钱干什么?"

"回家开豆腐店,等我有了钱,我回家开一个最好的豆腐店。"

"豆腐店?豆腐店算个屁。"

对面走过来一个女佣,她的手里捧了一大块冰,凉气腾腾。女佣从二管家面前走过时立即堆上笑,用奉承的语调叫"二管家"。二管家点过头,鼻孔里哼一声,算是答应。

回头想想二管家这人有意思。我做人的道理有一半是他教的。谁和他在一起他也会教谁,他喜欢说话。二管家这人喜欢说话,就像我现在这样。人上了岁数牙齿就拼不过舌头了。二管家这人其实心不大,能在虎头帮唐老大的手下混得一个体面差事二管家心满意足了。现在想来二管家这人其实可怜。他是个极聪明的人,在大上海,他的心思全耗在别人的心思里了。他整天察言观色,瞪了一双眼睛四处打听,为的是什么?在上海滩能混得像个人。他越想像个人其实越来越像条狗,上海滩就是这种地方。我到上海不久他就惹上大祸了。他本可以不死的,可他还是死了。他死在对唐老爷的愚忠上。一个人对主子不能不忠,一个人对主子更不能太忠,太忠了就愚,成了愚忠。不忠容易引来灾祸,太忠则更容易招来灾祸。二管家的死是他自己招来的。我当初要是懂事就劝他别那样了。可我能懂什么?我才十四岁。

二管家做的第一件事不是把我带进厨房,而是把我带进了浴室。这时候大上海的钟楼响起了遥远的报时声,满打满算地六下。我站在浴室门口侧了耳朵问:"这是什么?怎么这么响?"二管家推开浴室的门说:"这是钟,大上海的铁公鸡。"二管家进了浴室,命令我说:"全扒了,你他妈像个馊粽子。"我望着浴池,地面很大,正对炉膛口的墙面上晃着橘黄色火光,懒洋洋的。二管家不耐烦地说:"快点脱!"我一颗一颗解扣子,我的粗布蓝上衣上有了汗渍渍的湿感。我把衣裤团在地上,翘着屁股泡进了热水,不规则的乳色热气在脖子四周袅娜并升腾。二管家用火钳钩起了我的衣裤,迅速塞进了炉膛。我还没有来得及叫喊墙壁上懒散的橘黄色火苗顷刻间张牙舞爪了,变得汹涌澎湃。我望着火苗重新黯淡下去,忍不住心疼。二管家没理我,只是进了水池把头泡进水里去,好大一会儿才伸出脑袋,他的头发披在额头上,看上去非常好笑。二管家的情绪不错,他在雾气里头对我很开心地咧开嘴。我想了想,也跟着他笑,望着墙上平静的火苗无端地幸福起来。

"你知不知道你怎么能进唐府的?"

我的下巴埋在水面,不解地对他摇头。

"你讨大便宜了,小子,就因为你姓唐!"二管家快活地扭动腰肢说,"在这块码头,只要你姓了唐,事情就好办了。姓了唐再进了唐府,那可就齐了。小子,在唐府里头,你是只小耗子,可你再跨出唐家的门槛,猫见了你都得叫你三声大爷;不过呢,你不能乱动,该在洞里待着你就乖乖待着,在大上海,伸手退手,开口闭口全是大学问,你要走错了一步,叭,夹子就把你拦腰夹住了——你就算完了。没有第二回。大上海就这样,你还小,这个你不懂——记住了,小耗子?"

"记住了。"

二管家摁住了我的头，往我的头上打洋皂。我抓了几下，头上响起了一大片洋皂泡沫细碎的吱吱声，像爬过好几只螃蟹。二管家把洋皂塞到我的手上，命令说："好好擦——这可是东洋货，你给我把耳后头好好搓几把，别他妈的给我添麻烦。"我把东洋皂握在手上，滑滑的像一条泥鳅，有一股很好的香味。东洋货我可是头一回碰到。我所知道的东洋货只有"味之素"，听人说像面粉，鲜得在舌尖上打滚。我只在县城戏园子旁边见过广告，蓝蓝地写成"味の素"，大人们总是说"味之素"。

二管家说："小子，你他妈真是好福气，赶上这个时候来上海。我们老爷来上海的那阵子，大马路上还没有装新灯呢。"二管家从我的手里接过东洋皂在身上咯吱咯吱只是乱擦。"上海滩的这些大楼，别看那么高，在老爷眼里全是孙子，是老爷看着它们一天一天长高的。老爷在十六铺做事那阵子，嘴上刚刚长毛，后来入了门，'通'字辈的，这个你不懂。二爷和三爷原比老爷晚一辈，排在'悟'字上的，大清亡国的那一年，老爷从英国人手里救了他俩的命，反和他们拜了把子，结成生死兄弟，这是什么事？可咱们老爷就这种人！老爷就是靠一身仗义打下了这块码头！"

"我给老爷做什么？"我慌忙问，内心充满崇敬。

"想伺候老爷？"二管家耸起肩头大度地一笑，"不吃十年素，就想伺候老爷？"

我抹了一把脸，对了二管家只是眨眼。

"你去伺候一个女人。"二管家神秘地一笑,悄声说。

"我要伺候老爷!"

二管家对我的不知天高地厚没有发脾气。我真是碰巧了,二管家因为当晚的艳福变得格外宽容。他笑笑说:"是老爷的女人,老爷捧了十年了,大上海的歌舞皇后。"

"我不会。"我说。

二管家有点不高兴了,"嗯"了一声,说:"又他妈的不是让你当主子,做奴才,谁他妈的不会?一学就会!"

我不吭声。我的头脑只想着老爷。我轻声说:"我不。"

"你不?"二管家弄着手里的泡沫,怎么也没料到我敢回他的嘴,顺手就给了我一巴掌,脸上拉下一道黑。"你不?等见了她,你想学就来不及了!——你不?老子混到今天这个份上,都不知道不字怎么说。鸟小不知树林大!上海滩多少脑袋掉进了黄浦江,知不知道为什么?嗯?就因为说了那个字。不?手拿洋枪管,误做烧火棍,你小东西胆子可真大!我告诉你,你先伺候个把月,你能把个把月撑下来,这只烫饭碗你才捧得住——记住了?"

"记住了。"

二管家从浴室里一出来就对我进行了改装。他让我套上了黑色绸衣,袖口的白色翻口翻上去长长的一大块。二管家说:"唐家的人,白袖口总是四寸宽,你可不要拿它擦鼻子。老爷可容不得家人袖口上有半点斑,记住了没有?"我说:"记住了。"随后二管家找出一只梳子,把我的头发从中央分出两半,沿着耳根齐齐剪了一圈。我的头上像顶了一只马桶盖。二管家帮我铰完指甲,说:"好了,小子。从现在起你是小姐的跟班了,你要记住,是我把你带到了上海。你要好好干,可别丢了我的面子!将来发财了,别忘了今天!——记住了?"

"记住了。"

二管家用手擦去了玻璃上的水汽,我从镜子里一下看见了一个穿着齐整的小少爷。我知道那个人就是我。洋皂真是不错,我的脸皮也比先前白了。我的身上洋溢着一种洋皂的城市气味,我看了一眼二管家,这老头真不错,就是啰嗦了点。我回过头,迈出了步子,做了上海人走路的味道就是不一样。

二

"逍遥城"三个大字是由霓虹灯管构成的,多种不安稳的色彩迅速闪耀即刻又迅疾死亡,行书的撇捺因灯管的狂飞乱舞失却了汉字的古典意韵,变得焦躁浮动又急功近利,大街两边灯光广告林立,一个个搔首弄姿,像急于寻找嫖客的婊子。我从汽车里一站上水泥路面就感受到夜上海的炎热。汽车喇叭一个劲儿地添乱,它们呼啸而来,呼啸而去。汽车被各种灯光泡成杂色,受了伤的巨形瓢虫那样花花绿绿地来回爬动。一个乡村妇女慌张地横越马路,车喇叭尖叫了一声,妇女打了个愣,随即被车轮子撞倒了。二管家在我的肩上轻拍一下,我急忙回过头来。"上海有句话,"二管家关照我说,"汽车当中走,马路如虎口,你可要当心。"

我尾随在二管家身后走进逍遥城。屋里乱哄哄地挤满了人。各种口音嗡嗡作响交织在一块。烟雾被灯光弄成浅蓝色，浸淫了整个大厅。我的呼吸变得困难。吸气老是不到位，我担心这样厚的空气吸到肚子里会再也吐不出来的。我的脑子里空洞如风，脚步变得犹疑，仿佛一不小心就踩空了，栽到地窖里去。这样的场面使我恍如游梦，伴随着模糊的兴奋和切实可感的紧张胆怯。我不停地看，什么也没有看见，我每走一步都想停下来对四处看个究竟，别一不小心踩出什么乱子。但二管家已经回头两次了，脸上也有了点不耐烦。这个我相当敏感。我内心每产生一处最细微的变化也要看一眼二管家的。这个城市叫"上海"真是再好不过，恰如其分，你好不容易上来了，却反而掉进了大海。上海是每一个外乡人的汹涌海面。二管家在这片汪洋里成了我的唯一孤岛。不管他是不是礁石，但他毕竟是岛，哪怕是淤泥，这个爱唠叨的老头总算是我的一块落脚点。我机警而紧张地瞟着他，二管家第三次回头时我吃惊地发现他离自己都有两扁担那么遥远了。我两步就靠了上去，脚下撞得磕磕绊绊。我一跟上他心里又踏实了，胆怯里蹿出了少许幸福，见了大世面。我侧过了脸，慢慢地重新挂下下巴，痴痴地看领带、手表、吊扇这些古怪物什。四只洋电扇悬在半空，三个转得没头没脑，有一只却不动，四只木头叶片傻乎乎地停在那儿。我望着这只吊扇脚底下迈不出力气了。我曾听说过的，大上海有许多东西它们自己就会动，从早动到晚，我望着电扇脸上遏制不住开心，终于真正走进了大上海，终于成了大上海的人了！我十分自豪地想起了乡村伙伴，他们这辈子也别想看见洋电扇的。但只有一眨眼工夫，我又记起了二管家，慌忙赶了上去。

坐在吧台的几个，正在讨论一匹马。"它三岁，是一匹母马，马场上叫它'黑闪电'，我叫它达琳，"小分头大声说，他的颧骨处布满酒意，随风扇的运转极为浮动，"我认准了它，两年的血汗全让它砸了，下午枪一响，达琳第三个冲出去，最后一百码它还在第二，我准备跳黄浦江了，他妈的维克多最后一圈它摔倒了，达琳一马当先，什么叫一马当先？嗯？就是他奶奶的发！够你淌八百年臭汗！"

"马票又涨了吧？"身边的一个问。"涨了涨了，"小分头说，"马场那帮家伙真黑，六块了，少一个子儿也不行，他妈的上个月还是五块。"

"不行了！"三四米远处突然站起来一个中年人，"烟土不行了，开窑子也不行了，军火还不到时候，要发，这会儿只能在盐上发，要得甜，加把盐，古人就这么说了，安格联子爵是什么眼光？汇丰银行白花花的银子是什么？是白花花的盐巴！"

我往前走了几步，一个老头在另一处敞开了衣襟不以为然地摇头，他显然听到了中年人的大声叫喊，他慢悠悠地对身边的说："白花花的盐是钱，白花花的俄国娘儿们就不是钱？"老头伸长脖子压低了声音说："俄国娘儿们可真不含糊，干起活来舍得花力气，我刚买了五个，用了都说好！"身边的那个失声而笑，拿起了酒杯，讨好地和老头碰了一下。

我听得见他们的叫喊。他们说的是中国话，每个字我全听得清，可我一句也不懂。我弄不懂上海人大声吵闹的到底是什

11

么。这时候左边站起一个穿白衣服的,他打了个响指,大声说:

"香槟,Waiter,香槟香槟!"

坐在他身边的一个举起手,高声补充说:

"冰块!冰块!"

"逍遥城"里的女招待都认得二管家。二管家一到就把外上衣脱了,套在椅背上。二管家真是有派头,金牙齿、手表和皮鞋他全有。我们家乡的人说,装金牙的要笑,戴手表的要捞,穿皮鞋的要跳。二管家不笑,不捞也不跳,财大气粗的派头全在走路的样子里头。二管家在歌台前坐好了,为自己要了一杯酒和一颗冰块。二管家没有忘记为我点一盘冰淇淋。我没敢动,二管家用手背把冰淇淋推到我面前,用下巴示意我吃。我端起盘子,舀一口送进嘴,没有来得及嚼我就吐了出来。我用手捂住嘴,又卑怯又害羞地望着二管家。二管家正端了杯子,冰块在杯中泠泠作响。"怎么了?怎么吐了?"我说:"烫。"二管家就笑。他的背靠到椅背上胸脯笑得扩展开来。"这是冰淇淋,小子。"他说,"只有有钱人才能在夏天享到冬天的福。"我不放心,小心尝了一口,心里头有底了。我学着二管家的样,吃一口停一次。台上的灯光突然变了,红红的一堵墙上放射出雾状红光。几只铜质喇叭一起吹起了曲子,拐了十八个弯。硕大的舞台上斜着走上来一排姑娘,她们的裙子极短,裸露出整条大腿,大腿在红色雾光的照耀下有点不真切,毛茸茸的样子。她们头顶的旋转吊灯也打开了,吊灯的转动光束打在她们的皮肉上,整个人弄得斑斑点点,如大动春情的金钱豹。

十几个姑娘甩胳膊扔腿狂舞了一气,一个鲜红高挑的女人没头没脑地走了上来,她一登台台下响起了一片欢呼与唿哨。二管家把两只手举得很高,带头鼓起了巴掌。二管家低下头小声对我说:"小金宝!"我望着舞台上这个叫小金宝的女人,从头到脚就觉得她是假的,不像人。她的长发歪在一边,零零挂挂的,藤蔓一样旋转着下来,她对着台下弄出一个微笑。在另一阵欢呼中她把两片红唇就到了麦克风前。她的歌声和她的腰肢一样摇摆不定,歌词我听不清楚,只有一句有个大概,好像在说谁,"假正经,你这个假正经",这句话小金宝唱了十几遍,整个大厅里就听见她一个人在哼,"假正经,你这个假正经——"

客人们三三两两走进了乐池。台上的姑娘们舞得也格外起劲。二管家的脸上一直保持了微笑,他不停地喝彩,很突然地向我侧过身。

"小东西,王八咬过你没有?"

二管家的话在大厅里极不清晰,我几乎没有听见。二管家不高兴地放下杯子,伸出右手把我的脑袋扭转过来,让我与他面对。二管家大声说:"你有没有被王八咬过?"

我不明白他是什么意思,茫然地望了他一眼,又把头转过去了。

二管家再一次伸出手,把我的脑袋拨向他自己,他的嘴靠过来,嘴里的热气喷得我一脸。"你真欠这顿咬!"他点点头说,"听我说小子,王八咬住你,你千万不能动,就让它咬着,你越动,它咬得越紧。把那阵疼熬过去,时间一长,它自己就松下去了。"

我恍恍惚惚地点了一回头。二管家用指甲弹着玻璃杯,用一种怪异的神情盯着我。"你要让她高兴,就好办了。老爷包了她,她就有法子让老爷高兴,老爷一高兴,她就成歌舞皇后了。在上海不论什么事,只要老爷高兴,就好办了。"二管家点上一支烟,点烟时二管家自语说:"在歌厅里给老爷挣钱,到了床上给老爷省钱,她就是会用二斤豆腐哄着老爷上床……"

我不知道他说的是谁,但我听出来了,老爷喜欢吃豆腐,我回过头去,大声说:"等我开了豆腐店,我天天供老爷吃豆腐。"

二管家愣了一下,叼了香烟懒洋洋地把眼珠子移向了我,他笑起来,没有声音,胸口一鼓一鼓的。他笑的时候叼香烟的嘴角一高一低,有点怪,显得下流淫荡。二管家摸摸我的头,说:"傻瓜姓了唐也会变得机灵——豆腐你还是自己吃吧。老爷的事,有人伺候。"二管家的目光把小金宝从头到脚又摸了一把,对今天的一切都很满意。

小金宝在台上一曲终了。她倒了身子,裙子的岔口正对了台下,她的目光骚烘烘地从这只眼角移到那边的眼角,均匀地撒给每一个活蹦乱跳的男人。

二管家把香烟架在烟缸上,站起身说:"跟我来,到后台去。"

三

  这个叫小金宝的女人把我的一生都赔进去了。人这东西，有意思。本来驴唇不对马嘴，八杆子打不着，说不准哪一天你就碰上了。我和小金宝就是碰上了。恩恩怨怨也就齐了。我的上海故事，说到底就是我和小金宝的故事。我怕这个女人。那时候我也恨这个女人，长大了我才弄明白，这女人其实可怜，还不如我。珠光宝气的女人要么不可怜，要可怜就是太可怜。怎么说"红颜薄命"呢。老爷花钱包了她，在上海滩她好歹也是"逍遥城"的小老板，其实她能做的事就两样，就是二管家说的，在逍遥城给老爷赚钱，在床上给老爷省钱。后来我和她一起押到了乡下，我们像姐弟那样好了两天，我对她一好就把她害了。我想救她，多说了一句话，这句话一出口就要了她的命。在唐家做事就这样，一句话错了有时就是一条命，立马就让你看见尸。小金宝就这个命，多少人作践她，她自己也作践自己，没事，一有人对她好，灭顶之灾就来了。她就这个命。
  小金宝没有死在上海。她死在那个小孤岛上。她把那把刀子插到自己的肚子里去了。我就在门外，我被她关在门外，只过了一会儿血从门槛下面的缝隙里溢了出来。我用手捂住门槛，捂住血，对她大叫说："姐，你别流血了，姐，你别流血了。"她不听我的话。她的血也不听我的话。她的血和她的年纪一样年轻，和她的性子一样任性，由了性子往外涌，灿烂烂地又鲜又红。血开始滚烫，有些灼手，在夏末汹涌着热气，后来越泅越大，越铺越黏，慢慢全冷掉了。我张着一双血手叫来了老爷，老爷一眼就明白了。他显得很不高兴。老爷嘟囔说："我可以不让人活，就是没法不让人死。"

你信不信梦？我信。几十年来小金宝反反复复对我说一句话，她总是说："我要回家。"这是她死前最后一晚对我说过的话。梦里头小金宝披了长发，上衣还是翠花嫂的那件寡妇服，蓝底子滚了白边。我就没问一句："你家到底在哪儿？"我那时不问是有道理的，我知道她答不出。我一直想在梦里头好好问问她。我一问，梦就醒了。梦是一条通了人性的狗，该叫的时候叫，不该叫的时候它就是不叫。我想来想去最后把她的骨头迁到了我的老家，埋在一棵桑树底下。桑树可是她最喜欢的树。我去迁坟的那一天是个秋天，没有太阳。小孤岛上芦苇全死了，芦苇花却开得轰轰烈烈。芦苇花就这样，死了比活着更精神，白花花的一大片。秋风一吹，看了就揪心。岛上的小树一直没有长大，秃了，上头停了几只乌鸦。我刨开地，小金宝的骨头一块一块全出来了。她手腕上的手镯还在呢。我坚信小金宝埋到土里的时候还没有死透，她的手像竹子，一节一节，散了，但弓得很厉害，两只手里都捏着大土块。我坚信她没有死透。当年上海滩上的一代佳人，而今就剩了一张架子，白的。大骨头都糠了。我把小金宝的骷髅捧在手上，闻到了几十年前的腥味。脑子里全是她活着的样子。她在我的脑子里风情万种，一眨眼，就成骷髅了。一张脸只剩下七个洞，牙咬得紧紧的，一颗对了一颗，个顶个。世上万般事，全是一眨眼。

灯红酒绿,掉过头去就是黄土青骨。大上海也好,小乡村也好,你给我过好了,是真本事,真功夫。小金宝就是太浑,没明白这个理,自己把自己套住了,结成了死扣。

二管家带领我走向后台。过道又狭又暗,只有一盏低瓦路灯。刚才台上的一群姑娘叽叽喳喳下台了。她们在台上很漂亮,但从我身边走过时她们的脸浓涂艳抹,像一群女鬼。我有些怕,脚底下又没深浅了。

二管家用中指指关节敲响了后台化妆室的木门。他敲门时极多余地弯下了背脊,这一细小的身体变化被我看在了眼里。"进来。"里头说。二管家用力握紧了镀镍把手。小心地转动。小心地推开。小心地走进去。

"叫小姐!"二管家一进门脸就变了,长了三寸。"叫小姐!"他这样命令我。小金宝半躺在椅子上,两条腿搁在化妆台边,叉得很开,腿和腿之间是一盒烟与一只金色打火机,她胡乱地把头上的饰物抹下来,在手里颠了一把,扔到镜子上,又被镜子反弹回来,尔后她倒好酒。我说:"小姐。"小金宝没理我,却在镜子里盯着门口的一位女招待。小金宝说:"过来。"女招待走到小金宝面前,两只手平放在小肚子前面。小金宝点点头,说:"转过身去。"女招待十分紧张地转过了身。"嗯。"小金宝说,"身腰是不错,出落出来了。"小金宝摸摸女招待的屁股说,"难怪客人要动手动脚的。""——小姐。"女招待惶恐地说。"刚才没白摸你吧?"小金宝说,她猛地把手伸到女招待的乳罩里头,抠出一块袁大头,小金宝盯着女招待，眼里发出来的光芒类似于夏夜里的发情母猫。"别说你藏这儿，你藏多深我也能给你抠出来！""小姐。"女招待拖了哭腔说。小金宝用袁大头敲敲女招待的屁股说："你记好了，屁股是你的，可在我这儿给人摸，这个得归我，这是规矩！"小金宝把洋钱重新塞到女招待的乳罩里去，脸上却笑起来，说："你是第一次——"女招待连忙讨好地叫了声小姐。"但我也不能坏了我的规矩，"小金宝敛了笑说，"这个月的工资给你扣了，长长你的记性——去吧。"

女招待刚走小金宝就回过头，瞟了我一眼，自语说："这回换了个小公鸡。"小金宝端起酒杯，在镜子里望着我，她的目光和玻璃一样阴冷冰凉，但她在笑。"过来。"这回是对我说的。

我往前走一步，踩在了一件头饰上，紧张地挪了挪脚步。小金宝伸出一只手，掐住了我的脖子。她的手冰凉，好像是从冬天带到夏天里来的。我的脖子缩了一下，僵在了那里。她的大拇指摸着我的喉头，上下滑了一遭，问："十三还是十四？"

"十四。"二管家在后头说。

"十四，"小金宝怪异地看着我，"——和女人睡过觉没有？"

"小姐……"二管家十分紧张地说。

"睡过。"我愣头愣脑地说。"谁？"小金宝的头靠过来，小声说，"和谁？"

"小时候，和我妈。"

小金宝很开心地重复说："哦，小时候，和你妈。"小金宝扬起眉头问:"姓什么?"

"姓唐。"二管家又抢着回答说。

"姓什么?"小金宝迅速地掉过头,"——让他自己说!"

"姓唐,"我咽下一口口水,回答说,"我姓唐。"

小金宝说:"你姓唐。"她把唐字拉得很长。小金宝说:"从今天起,你就叫臭蛋。"

"我不叫臭蛋,我叫……"

"我让你叫什么你就叫什么!"

小金宝望着我,她总是那样笑,似是而非,似有若无的样子。"我喜欢这孩子。"她说。小金宝背过身去,把手指伸到了酒杯里去,她在喝酒的瞬间看见二管家松了口气,小金宝拿起打火机,不经意地在火芯上滴上葡萄酒,然后盖好,放回原处,拿了根香烟夹在指缝里。小金宝面色和悦地坐下去,说:"给我点根烟。"

我站在那儿,愣了半天,说:"洋火在哪儿?"小金宝用夹烟的两只指头指向打火机,说:"那儿。"

我取过金黄色打火机,听见二管家在身后说:"这是打火机。"我把打火机正反看了几遍,却无从下手。二管家走上来,看了小金宝一眼,手脚却僵住了,慢慢收了回去。我打开盖子,盖子却掉到了地上。小金宝又笑起来,伸出手把打火机塞到我的左手上,再拽过我右手的大拇指,摁在火石磨轮上,猛一用力,打火机立即闪了一下。我的手像撕开了一样,疼得厉害。小金宝回过头对二管家说:"这孩子灵,一学就会。"

我把大拇指放到了唇边吮了吮,望着小金宝。小金宝说:"给我点烟。"

　　我伸出大拇指一遍又一遍搓动磨轮，火石花伴随着搓动的声响阵阵闪烁，我一连打了十几下，看了看自己的大拇指，又看看小金宝。小金宝目光汹汹。

　　二管家从身上掏出洋火，慌张地划着了，他把那根小火苗送到了小金宝的面前。

　　小金宝没动，就那么盯着我紊乱的指头，脸上挂了一种极其古怪的喜悦。她用余光看着洋火上的火苗一点一点黯淡下去，一直烧到二管家的指尖。

　　我额上的小汗芽如雨后的笋尖蹦了出来，那只金黄色打火机掉在了地上。我捏紧了大拇指，抬起眼，眼眶里的泪花忽愣忽愣地闪烁。

　　二管家慌忙捡起打火机，对我大声训斥说："你他妈怎么弄的？你怎么这点事都做不好？小赤佬，你还有什么用！"二管家转过身双手捧了打火机，伸到了小金宝面前，嘴里柔和下去，不停地说："对不起，小姐，实在是对不起。"

　　"算了，姓唐的会对不起谁？"小金宝起身说，"先送我回去，老爷今天还等我呢。"

四

　　汽车停在了小金宝的小洋楼门口。司机按了两下喇叭。小洋楼黑乎乎的，有一个小尖顶。即使在夜晚我也能看见小楼的墙面长满了爬墙虎。小金宝的院子里种了一棵芭蕉，我站在路边看见芭蕉的巨大叶片伸出来两张,弯弯的,带有妖娆与焦躁的双重气息。小楼里的灯亮了,传出了一个人的走路声。二管家推开门,他开门时的样子让我伤心,脸上和腰间一副巴结讨好的模样。其实我喜欢这个小老头,我弄不懂他见了小金宝怎么骨头就全软下去了。

开门女佣长了一张马脸,因为背了光,我用了很长时间才看清她是个女人。她的脸实在难以分得清是男是女。马脸女佣半张了嘴巴,露出无限错落与无限狰狞的满嘴长牙。马脸女佣从上到下一身黑,加重了她与世隔绝的阴森气息。马脸女佣十分敏锐地发现了二管家身边的陌生男孩,她的目光从看到我的第一眼起就再也没有离开。脸上没有表情,所有的皱纹都原封不动地放在原处。她的目光又生硬又锐利,像长了指甲。我立即避开了对视,再一次和马脸女佣对视时我发现她的目光更硬更利了。

小金宝把小手包交到马脸女佣的手上,关照说:"我要洗澡。"我还没有来得及看清客厅里的豪华陈设,二管家就把我领到了东侧的小偏房,我一跨进门槛立即闻到了一股久封的霉味。二管家摸到电灯开关打开灯,灯泡上淤了一层土,灯光变得又暗又浑,像在澡堂子里头。二管家说:"你就住这儿。"他说这话时伸出两根指头摸了摸床框,他一定摸到了一手粉粉的霉尘,他的几只指头撮在一处捻了几下,伸到蚊帐上擦了一把。二管家用另一只手指指着高处的一件铜质玩意儿,对我说:"这是铃,它一响就是小姐在叫你。"我的眼睛全乱了。从下午到现在我见到的东西比我这十四年见到的加起来还多。

二管家还在唠叨，他说："铃声响起来，你就是在撒尿也要憋回去，跑到小姐面前，先叫一声小姐，然后低下头，两只眼睛望着自己的脚尖，眼睛放到耳朵里去，在耳朵里头瞪大了——记住了？"

我没有吱声。我的耳朵里响起了不远处洗澡的水流声。我没有说"记住了"。我小声对二管家说："我不住在这里。"二管家显然料不到这句话。他的眼睛盯住我，瞳孔里伸出了两只拳头，我挂下脑袋，他拎住我的耳朵，嘴巴套在我的耳边，却什么也没说。他突然从口袋掏出打火机，拍在我的手上，小声严厉地说："你给我好好学着！要是再丢了我的面子，我扔你下黄浦江！"

小金宝从浴室里出来了，松松垮垮扎了一件浴裙，又轻又薄，飘飘挂挂的。马脸女佣端了一只铜盆跟在后头。我站在自己的卧室里，看见小金宝懒懒地走进对门的屋里去。洗去脂粉后我发现小金宝的皮肤很黄，甚至有点憔悴，并不像浴前见到的红光满面。我整天和她待在一起，但她的真正面目我也并不多见。小金宝在梳妆台前坐定了，对着镜子伸出脑袋，用指尖不停地抚弄眼角，好像抹平什么东西。一盏台灯放在她身体的内侧，在她身体四周打上了一层光圈。她从梳妆台上挑出一只琉璃色小瓶，往左腋喷了一把，又在右腋喷了一把，她的身体四周立即罩上了一阵雾状浑光。马脸女佣用手顺开她的波浪长发，一起抹到脑后，从小铜盆的水中捞出一只粗齿梳，小金宝的头发被梳弄得半丝不苟。马脸女佣用嘴衔住粗齿梳，左手抓住头发，在小金宝的头上倒了梳头油，再从铜盆里捞出一只细齿梳，细心用力地修理。小金宝的一头大波浪几乎让她弄平息了，十分古典地贴在了头皮上。只留下几根刘海。马脸女佣为她绾好鬏，插上一只半透明的玛瑙簪，再在两鬓对称地别好玳瑁头饰。二管家望着小金宝，嘴里嘟囔了一句什么。我没有听得清楚，随后他舔舔下唇，咽了一口，沉默了。马脸女佣从怀里抽出两根白色布带头，一根挂在那儿，另一根拉了出来。马脸女佣半跪在地上，把小金宝的脚放在膝盖上用力缠绕。小金宝描着口红，她在镜子里望着自己，脸上挂满了无往而不胜的自得劲道。她的目光里有一股嘲弄，好像天底下所有的男人都把鼻尖从千里之外一齐伸了过来。马脸女佣的白布条一直缠到小金宝的脚尖了，小金宝咧开嘴，脸上的神色痛苦得走了样。小金宝一脚踹开马脸女佣。马脸女佣倒在地上，嘴里发出一连串的叫声，叫声极怪，类似于某种走兽。小金宝厉声说："再紧点！"

"那是个哑巴，"二管家轻声说，"可她听得见，她的舌头让人割了。"

我立即回过头。二管家没有表情，他只是望着对门，轻声说："我问过她到底是谁割了，她就是不说。"

缠好脚马脸女佣走到一排细小的红木抽屉面前，那一排抽屉上上下下足有十来个。马脸女佣从最下的一层取出一双尖头绿色绣花鞋，鞋帮上绣了两朵粉色莲花骨朵。马脸女佣给小金宝套上，从怀里掏出一只红铜鞋拔，小金宝拔鞋时两片嘴唇嘬在一处，她的嘴唇由歌厅里的血盆大口早变成了一只小樱桃。小金宝闭了眼往上拔，穿好后喘了一口大气。马脸女佣为她换上了乡村最常见的花布衣裤,只是款式更贴身,凸凹都有交代。小金宝重新步入客厅时彻底换了个样,由时髦女郎转眼变成了古典美人。二管家小声骂道:"这小婊子,上了洋装一身洋骚,上了土装一身土骚。"他的话我听得清清楚楚,可我不知道他在骂谁。小金宝走了两步,脸上所有的注意力全在脚上,显得不清爽,但也就两步,什么事都没有了。二管家带了我站在客厅中央,恭恭敬敬地说:"小姐。"

小金宝说:"老爷急了吧?"一脸若无其事。

第 二 章

一

这是我来上海第一天里第二次走进唐府。我跨进大门就困得厉害。我也不知怎么弄的。我就是要睡觉。我们三个人走在唐家大院里，我突然发现院子里多了好几辆小汽车，清一色锃亮漆黑。远处有几盏路灯，汽车上那些雪白的反光亮点随我们的步行在车面的拐角处滑动，如黑夜里的独眼，死盯着你，死跟着你，森然骇人。四五个男人闲闲散散地在梧桐树下走动并吸烟。他们都有上海人的毛病，至少有一只手插在裤子的口袋里。我阿妈说得不错，人进了城一双手就懒下去，再也勤快不起来了。我转过头，借助路灯的灯光我看见围墙的上方有一圈铁网，这是下午被我忽略的细节。

第一次进这个大院时我充满了自豪。而现在，我的胸中充满害怕。什么事都没有，但是我怕。我感觉到到处都长了毛。我拎了小金宝的化妆箱跟在小金宝的身后，一直跟到后院的一座小楼房。对面走上来一个老头，看见了小金宝，招呼说：

"小姐，老爷早回来了。"小金宝没理他，扭着屁股向楼门口走去。

二管家叮嘱我说："记住怎么走，以后小姐每回来，你都得伺候好了。"

二管家替小金宝推开门，大门沉重而又豪华。小金宝斜了身子插进去，她的腰肢在跨过门槛的过程中蛇一样绵软华丽，留下了剑麻丝中才会有的诡异气息。

门后头还有一道门，那里才是老爷的卧室，二管家守到卧室门口，看着小金宝进去，转过脸对我说："看着我，小姐进了屋，你就这样守在门外。"二管家弓腰垂手，给我作了很好的示范。二管家说："千万别打盹犯困，就这么守着，老爷什么时候要吃喝了，你就到那边去传话。"我什么也没有听见，我的眼里尽是闪着光亮的精致器皿与玩意儿。二管家说："你站给我看看！"

我贴着墙弓了腰，垂好两只手站在门口，但我的眼睛忍不住四下打量。

二管家呵斥说："看什么看？这里的东西，就算你屁股里再长出一只眼睛也看不完。——你给我记住，你是我带来的，往后喜欢什么，就别看什么，要看也只能用心看！拿眼睛看东西，时间一长人就犯傻，唐家可丢不起这个人——记住了？"

"记住了！"

二管家大声对里头说："小姐，去请老爷啦？"

里头"嗯"了一声。是从鼻孔里传出来的。

二

你说我到上海做什么来了？长大了我才弄明白，是当太监来了。太监只比我少一样东西，别的和我都一样。小金宝不喜欢丫头，这才有了我的上海天堂梦。小金宝不要丫头是对的，说到底她自己就是个丫头，这个她自己有数。女孩子个个危险，在男人身边个个身怀绝技。小金宝唯一能做的就是把她们赶走，像真正的贵妇人那样，耷拉了眼皮，跷起小拇指，居高临下把人撵了出去。其实呢，她是怕。女人家，尊卑上下全在衣着上，上了床，脱得精光，谁比谁差多少，谁是盏省油的灯？

小金宝不肯要丫头还有一个更隐晦的理由：丫头家太鬼，太聪明，太无师自通。丫头家在发现别人的隐私方面个个都是天才。她们往往能从一只发卡、一个鞋印、一根头发、一块秽布或内分泌的气味中发现大事情，挖出你的眉来眼去，挖出你被窝里头的苟且事。小金宝可冒不得这个险。小丫头们鼻头一嗅，有时就能把体面太太的一生给毁了。上海滩这样的事可多了。所以小金宝要太监，要小太监。十四岁的男孩懂什么？自己还玩不过来呢。

二管家带了我往前面的大楼走去。大楼的客厅干干净净，四处洋溢出大理石反光。我走在大理石上，看得见大理石深处的模糊倒影。灯光有些暗，是那种极沉着极考究的光，富丽堂皇又含而不露。

二楼的灯光更暗，灯安在了墙里头，隔了一层花玻璃，折映出来。我的脑子里开始想象老爷的模样，我想不出来。老爷在我的心中几乎成了一尊神。

我走进一间大厅，大厅辉辉煌煌地空着，但隔了一面墙里头还有一大间。墙的下半部是绛褐色木板，上半部花玻璃组成了一个又一个方格，里屋的一切都被玻璃弄模糊了，在我的眼里绰约斑驳。屋里坐满了人，他们的脑袋在花玻璃的那边变得含混而又不规则。二管家打开门后门缝里立即飘出一股烟雾。屋里的人都在吸烟，有一个中年男子在慢条斯理地说话。他的话我听不懂，但我从门缝里发现所有人的目光全集中在红木靠背椅子上。椅子就在门后头。我只看得见椅子的高大靠背，却看不见人，但我知道椅子上有人。椅子旁边一个精瘦的老头正在吸水烟。他烟盖的背面有一把铜质小算盘，瘦老头右手小拇指的指甲又尖又长，他就用他的尖长指甲拨弄他的铜算盘，拨几下就把水烟壶递到椅子的旁边。这把铜算盘吸引了我。我猜得到椅上坐着的一定是老爷。

我看不见老爷，我只感到威严，感到老爷主持着一笔上海账。

门缝里头铜算盘的上方是一只手，手里夹了一支粗大雪茄。雪茄的白色烟雾后头是对面墙角的落地座钟。一切和时钟一样井然有序。

二管家轻声说："屋里所有的人你都要格外小心，见到他们都要招呼，招呼时你只能看一眼，然后把眼皮挂下来，看自己的脚尖,眼睛放到耳朵里去,在耳朵里头瞪大了,记住了?"

我张了嘴巴,点头,四周安安静静。

电话铃的响声突如其来。我吓了一跳,张望了好半天才从客厅的墙上找到了声音的来源。墙上有一个黑色东西,我在后来的日子里才知道,那个黑色东西有很好的名字,叫电话。

二管家取下耳机。他取耳机时阴了脸,只说了一声"喂",仿佛立即听到了什么开心事,脸上堆满了笑。二管家喜气洋洋地说:"是余老板。"二管家这么说着放下了电话,走到屋里去,弯下腰对巨大的靠背说:"余老板。"

我看见所有的人都抬起了头,看得出"余老板"对他们早就如雷贯耳。

一只手把茶杯放到了桌面上。放得很慢,很日常。是老爷的手。

巨大的靠背后头终于走出来一个人。光头,黑瘦,穿了一身黑。我愣住了。我几乎不相信自己了,这哪里是老爷?这哪里是上海滩上的虎头帮掌门?完全是我们村里放猪的老光棍。

老爷慢吞吞地跨出门槛,却不忙去接电话筒。老爷发现了我。老爷慢吞吞地对二管家说:"就是他?"

我看见了老爷的一嘴黄牙。

二管家说:"快叫老爷。"

我有些失望地说:"老爷。"声音像梦话,没劲了。

老爷说:"叫什么?"

"臭蛋。"我说。

"怎么叫这个名字?"老爷不高兴地说。

"是小姐刚起的。"二管家说。

老爷的脸上松动了,点头说:"不错,这名字不错。"

"姓什么?"老爷问。

我忘了二管家的关照,两只眼盯着老爷,一动不动,不慌不忙地说:"姓唐。"我觉得我一点也不怕他。这叫我很伤心。

老爷注视着我的眼睛,接过了电话,说:"小东西,是块姓唐的料。喂——"

老爷拿起电话时一脸的太平无事,和二管家一样,只听了一句马上满面春风了,老爷说:"余老板,好久不见了,上次大少爷过生日真是对不住,那两天苏州……"我只听见老爷说到苏州,随后老爷就不吱声了。老爷对着话筒听了好大一会儿,脸上慢慢不干净了。

老爷沉默的过程中屋里所有烟头前的烟都灭了,青青地往上冒。

老爷后来说:"……好的余老板,我来料理,当然是我来料理。"老爷一口气说了好几个"好",用了好大的力气撑住脸上的笑容。老爷放下电话,背过手,站在原地只是望着自己的鞋尖。他穿了一双圆口布鞋,能看得见大拇指的缓慢蠕动。

老爷走进里屋,对远处穿着讲究西服的中年人说:"怎么弄的?你怎么老毛病又犯了?你跟那帮小东西计较什么?"

一个粗壮的大个子瓮声瓮气地说:"怎么了?余胖子想干什么?"

穿西服的说:"余胖子手下的那个老五,下午在码头仓库里头对大哥出口不逊，我气不过，把他做了。"

大个子淡淡一笑，看一眼老爷，说，"大上海哪一天不死人？送两个码子去，不就了了？"

老爷只是背了手，大拇指在布鞋里头只是不住地动，"肚子好拉，屁股难擦，擦不好，惹得一身臭。"

对面穿长衫的一个老头说："我把刚才的话说完，我不赞成几位小兄弟——办厂，那是人家刘鸿生先做的事，我们去开煤球厂做什么？先人怎么说的？黑道上行得了风，白道上就起得了雨。弄煤球才有几斤奶水？婊子都当了，还立牌坊做什么？宋老弟，虎头帮在这块码头上几十年全这样，可别动了老祖宗的地气。"

穿西服的宋约翰刚想说话，老爷却伸手拦住了，老爷身边的铜算盘见状盖起了锅盖，小算盘藏到下面去了。

老爷说："我出去一趟。"

大个子站起身，不满地说："大哥你干吗？你拿余胖子也太当人了——输钱事大，死人事小，这算什么事？"郑大个子扯着西服袖口，整个大厅里就他和宋约翰西装笔挺。

老爷不紧不慢地说："给姓余的一点面子。"

宋约翰站起身，大声说："我的事，我自己去。"

老爷挥挥手，猛咳了几下，喉咙里涌上一股浓厚的东西；老爷伸出光头，脖子上扯动了松松垮垮的一张皮，滑溜溜地咽下去了。

"给姓余的一点面子。"

老爷跨出门槛。老爷一跨出愣在了那里，小金宝站在门外。她挨了墙，两只脚尖并在一处，双手放在腹部，一只手搭在另一只手上。小金宝的站姿与她歌台上的风骚模样判若两人，显得娇美妩媚，似娇花照水弱柳扶风。老爷愣在那里，目光里淌口水了。小金宝的嘴巴华丽地张开来，仿佛有一种急不可耐的企盼。小金宝细声说："老爷……"

　　老爷的一只手在头顶上抓了两下，故意虎下脸来："你怎么跑到这里来了？"身后的几个见状又回到了房间。过道的灯光显得过于幽暗，老爷走上去，拍着小金宝的腮，揪了小金宝的耳朵，十分开心地说："你不是人，是个人精！"小金宝嘟着樱桃小口羞涩地抿着嘴笑，低下头去。小金宝的腰肢活动起来，一双媚眼划了一道弧线从下面斜着送给了老爷，她的媚眼营养丰富，风情万种。"老爷！"小金宝抓住了老爷的左手，却只用掌心拽紧了老爷一根指头，小金宝晃着老爷的手说："老爷，我都十二天不伺候老爷了，都上锈了……"老爷咧开大嘴巴，两片嘴唇如两块厚大的猪肝，"我去去就来。"老爷说。小金宝说："你快点回来，上了床，我给你做满汉全席。"老爷高兴地点着光头，说："我去去就来。"老爷转身敲敲门，几个人又一同走了出来。小金宝有些不依不饶地说："你又去找哪个臭女人？"老爷笑笑说："是余胖子，正经八百的事。"小金宝说："我不信，你把手上的戒指全放在家里。"老爷的脸上故意弄得十分无奈，笑着点了头说："好好好。"老爷抹下两只钻戒说："全放在你这儿。"小金宝转过脸，却望着我，脸上立即沉下来，呵斥说："老爷给你赏钱，还不收下来？"我站在那里，不敢动，小金宝一把拉过我，把戒指套在我的指头上，戒指显得又大又松，小金宝用指头摁一下我的鼻头尖，笑着说："你也配姓唐，怎么也不是条当老爷的命。"大伙一同笑起来。老爷背了双手说："快去快回，给姓余的一点面子。"

三

回到卧室门前我一直在想着老爷，我回不过神来。

眼前的一切处处闪耀着富贵光芒，大老爷却是那么一副模样，好像干净的草坪上养着一只猪。回卧室的路上小金宝就把老爷的两只戒指要走了，我总觉得老爷的戒指上有他的口水，弥漫出一股子恶臭。我小心地站在门前，心里想着老爷，眼里却困了。站了一会儿，平静无事，我悄悄走进了隔壁的小屋，坐在小凳子上打瞌睡。我不知道自己睡着了没有，我的腿突然被人踢了一脚，睁开眼，顺着腿看上去，却是小金宝。她换了一件裙子，脸上堆满了无聊，是想找人说话的样子。但她不是和我说话，她开始折腾我。好多年之后我才回过神来，她折腾我，骨子里头她恨一个人。

"你在这儿干吗？"小金宝歪了头说，"梦见什么了？"

我慌忙起来，说："小姐。"低下头，两只眼看着自己的脚尖，耳朵仔细听她的动静。

"给我倒杯水。"她说。

我从暖水壶里给她倒了一杯开水，小心递过去。

"我嫌烫，我要喝凉水。"

我仔细打量了四周,这间布满精致玩意儿的屋里没有水缸。我小声说:"这里没有凉水。"

小金宝对我笑了笑,只是不吱声。我看得出她想做一件什么事,但我猜不出。小金宝把我推到墙边,让我蹲下去,一只手叉了腰说:"这里没有凉水?"小金宝很突然地把手伸到我的头顶,拧一样东西,我在后来的日子里才知道,那就是自来水龙头。龙头里的自来水从我的头顶喷涌而下,自来水真凉,我吓了一跳,趴在了地上,小金宝关了水龙头,客客气气地问:"这里有没有凉水?乡巴佬?"

"有。"

小金宝昂起头,说:"给我倒杯水来!"她走进了卧室,身后响起了很响的关门声。她好像生了很大的气。

我简单擦了擦,端起一只托盘,里头放上一只青花瓷盖碗,向老爷卧室走去。

我小心地伸出脚,轻轻推开了厚重的木门,我刚推了一条缝,就看见小金宝正跪在枕头上捂着电话机小声说些什么,她的神情如夏夜的闪电,紧张而又神秘。她扣下电话之后才看清是我,显得惊魂未定:"你怎么不敲门?滚出去,乡巴佬!重进来!"

我退了出来,呆站了好半天,腾出一只手,敲了两下。

里头没有声音。

我又敲了一回,里头慢悠悠地问:"谁呀?"

我说:"我。"

"我是臭蛋!"

"臭蛋！"

里头说："重敲，说乡巴佬臭蛋！"

我只得又敲，里头说："是谁？"

我愣了愣，说："乡巴佬臭蛋！"

"要说得有名有姓！重敲！"

我站着，泪水开始在眼眶里打转，只得又敲。

里头也不耐烦了，草草率率地说："谁？"

"乡巴佬唐臭蛋！"

里头静了片刻，传出了纺织品的摩擦声。小金宝没好气地说："进来。"

我不敢抬头，我就那样耷拉了脑袋在地毯上小心前移，我听见"咣"地一下，手里的东西就全打翻在地上了。我撞上了一面墙镜。我怎么也料不到这面墙原来是一面镜子。我一抬头看见了小金宝的脸在镜子深处拉出了不规则的巨大裂口。小金宝的表情被破碎的裂口弄得复杂错综，位置游移了，出现了上下分离脱节的局面。我不敢回头，就那样呆站着和破碎的小金宝对视。我听见小金宝在身后说："乡巴佬，别只当我在你眼前，你的身前身后都是我。"我觉得身前身后都让小金宝夹紧了，进不得又退不得。

门外又响起了敲门声，我们谁也没有说话。

"是我，小姐。"我听出了二管家的声音。二管家说："小姐，老爷说今晚不回来了，要陪余胖子打牌，您是在这儿等还是先回去？"

小金宝没有说话。小金宝理了几下衣服，把化妆箱递到我

35

的手上。小金宝拉开门,她刚拉开门二管家立即就看到了地上的碎玻璃。二管家望着我,双目如电。

"送我回去,"小金宝气咻咻地说,"别当我两条腿夹不住!"

汽车行驶在夜上海。大街上的霓虹灯依旧花花绿绿。行人稀少了,灯光的喧闹里头有一种说不出的寥落与冷酷。小金宝斜在坐椅上一言不发,奔驰而过的灯光映在她的脸上,闪耀出怪异的色彩。我只看见她的半张脸。她的脸在一束短暂的绿光照射下像一尊女鬼。我恨这个女人。来到上海的第一天我就痛恨这个无常的疯婆子!我不知道她为什么要这样作践我。直到小金宝死后我才弄明白,她作践我是有道理的。她恨老爷,她恨姓唐的人。她认定了我是唐家的老家人。她作践我,这也是命。是命就逃不脱。

二管家凑上脑袋讨好地说:"小姐,我一定好生管教。"

小金宝厌烦地捋了捋头发,斜了车窗一眼,冷冷地说:"我都夹住了,你怎么就夹不住!"

进了卧室二管家就把我捆在了床上。他有点气急败坏,他从口袋里掏出打火机,"叭"地一下打着了。他把打火机伸到我的眼前,火苗在我的鼻尖上来回晃动。我的鼻尖感受得到火苗的灼热温度。透过火光我看见他的目光里有一种凶恶在来回潮涌,他关上打火机,一把拍在我的床上,厉声对我说:"今天就给我学会!要不我就点你的指头!"

我拿起打火机,打了两下,睡着了。

小金宝从楼上下来时是半夜，楼梯的灯光很淡，只有个大概。小金宝裹了一身黑，只露出一双眼睛，蹑手蹑脚拾级而下，像个幽灵在夜间飘荡。她站在大厅里，四处静听了片刻，朝马脸女佣的卧房走去。她侧着耳朵听了听屋内，轻轻掏出钥匙，将马脸女佣的房门反锁上了。她的动作生动连贯，是老把式了。而后她蹑脚走到我的门前，同样反锁上我的房间。

　　小金宝走到后院，后院是一块大草坪。楼上的灯光斜映在草地上，白色座椅和那只秋千在夜里静然无声。小金宝黑色老鼠那样蹿过草地，打开了门后，轻轻虚掩上。门外的街上空无一人，只在很远的地方有一盏路灯。

　　深夜万籁俱寂，只留下时间的读秒声。小金宝趿了一双拖鞋又坐在了梳妆台前。她认真看完自己，拉开了抽屉。小金宝在这个万籁俱寂的深夜时分开始了浓妆艳抹。她施胭脂勾眼影装假睫毛，用最鲜的唇膏把两片嘴唇抹得又大又厚又亮又艳，她挑了一件黑色短裙，半张胸脯和两只胳膊全撂在了外头。黑色短裙与她的皮肤形成强烈色差。小金宝拧开指甲油瓶，小心地染指甲，而后抬起脚，把十只脚趾涂抹得鲜红透亮。小金宝在镜子前面伸出手臂，对指甲端详了好大一会儿，再收回胳膊，温和地抚弄自己的脖子。小金宝抚弄自己的脖子时房里的灯光显得幽冥斑驳。小金宝的肤色在镜子深处透出一种淫荡透顶的纯净。

　　英纳格女式手表放在一支眉笔旁边。秒针前端的红色针尖向夜的深处梦游。

37

小金宝静坐着不动。某一个神秘时刻在她的期待中悄然降临。门动了一下，有人推了门自己进来。进门的是屏住呼吸的宋约翰。

　　宋约翰穿了一身黑西服，手里提着一双皮鞋。门半开半掩，如小金宝半张的嘴巴散发出一种焦躁渴望。宋约翰一进门习惯地看一眼小金宝的床。床上又干净又平整，看不出纺织品的半点褶皱。这是一个性感的纺织平面，它使色胆包天立即成为男人的一次勇敢举动。

　　宋约翰掩上门，站到小金宝的身后一同看镜子。小金宝听见身后一前一后两声皮鞋坠地声。他们的目光在玻璃镜面里玩火，泄露了胸中的摇荡心旌。他们心潮起伏，四条目光如绵软的舌尖交织在一处，困厄鲜活地扭动，灿烂凶猛地推波助澜。寂静中只有他们的心跳声在午夜狂奔。宋约翰拉掉电灯，小金宝却又打开了。小金宝在宋约翰的面前转了一圈。宋约翰点点头，显得非常满意。小金宝把开关绳头塞到宋约翰的嘴里去，让他咬住，自己的两片嘴唇就那么翘在那儿，慢慢分开了，宋约翰的嘴唇一点一点就了过去，小金宝闻到了他身上的香皂气味和口腔里头牙膏的爽朗气息。这是她最痴迷的气味，这是教养和体面的气味，与唐老大不洗脚、不刷牙而带来的一股恶臭形成了强烈反差。宋约翰的脑袋缓缓靠近了，开关"啪"的一声，关了。屋子里只剩下床头台灯的那点绿光，他们在地毯上搅在了一起，舌尖寻找舌尖，粗急的喘息在彼此的耳边被过分的寂静弄得如雷贯耳。

　　宋约翰说："快，快。"

"你轻点,"小金宝压低了声音痛苦地说,"你轻一点,你轻一点。"

宋约翰久旱逢甘露,身不由己了。他不肯"轻点"。他的手插进黑裙子的深处,他抓下小金宝的内衣,捏在掌心。宋约翰把小金宝的内衣扔到床头柜上的一面镜子。他压在小金宝的身上,几乎没有铺垫与过渡,直接进入了苟且主题。小金宝没能拦住他,忍住最初的那阵疼痛,她咬了牙轻声骂道:"狗日的,狗日的……"

他们在地毯上完成了第一回合。宋约翰没来得及料理自己就把小金宝抱到了床上。小金宝娇喘微微,斜了眼说:"四十如虎!"她的额头上沁出细密的小汗芽。小金宝伸直了左腿,她的小腿吃力缓慢地向床头柜伸去,脚的趾头张了开来,一点一点移那张镜子。她用大拇趾压住镜柜,把镜面掉了个个。镜子的背面是唐老爷的一幅肖像,老爷头戴毡帽,身上穿了中式夹袄,夹袄的面料很考究,但脱不了一股子土气。小金宝用脚趾头努力调整好老爷的角度,唐老爷终于躺在玻璃后头和他们悄然对视了。他们相看一眼,无声地微笑了。他们赤裸着身子依偎在一处,透过幽黯灯光以胜利者的微笑迎承老爷的冷峻面庞与目光。他们拥在一处,无声亲吻,目光一直斜着,就那么逗弄上海滩虎头帮的掌门老大。

"他不高兴了。"宋约翰说。

"他干吗不高兴,"小金宝说,"这刻儿他正在余胖子那儿赢钱呢——余胖子那里怎么了?"

"他手下的老五让人做了。"

"谁？"

"我。"

"我就知道是你。又是人家骂到你的疼处，你掏了家伙吧？"

"是他自己不想活。"

"你也太鸡肚肠子了——老东西这点倒是比你大气。"

"这倒也是，你让他戴了绿帽子，他戴得还真有点样子。"

"你听我说——你真是该大气一点，想做老爷就得有点老爷的样。"

宋约翰笑着说："谁想做老爷？我连你都挡不住，怎么也不是老爷的料。"

小金宝听着宋约翰说话，两道目光里头又黏了，她的指头在宋约翰的背脊上惹事。她把鼻尖伸到宋约翰的腋下，悄悄说："我就喜欢你这里的气味——像个小鸟窝。"宋约翰说："他呢，他像什么？"小金宝猛地伸出头，不高兴地说："再别说他，他那里养的全是猪！"

宋约翰是个人物。这个我吃得准。几十年来我一直在琢磨这个西装楚楚的人，越是上了岁数我越是佩服他。他跟在唐老爷身后，那么多年只做了一件事，让全上海滩都知道了虎头帮姓宋的长了一身的鸡肚肠子。这才叫量。这才叫功夫。谁也没能料到他做掉余胖子的老五是他挑起唐老爷与余胖子之争的关键一招。老爷都没能料到，老爷带了一身仗义只是忙着给他擦屁股。好汉就这样，身上最响亮的部分最终总要卖掉他！宋约翰就是让唐老爷出了这个丑,让唐老爷自己把自己送上了绝路。宋约翰真是不容易。什么叫量小非君子?真正鸡肚肠子的人总喜欢雅人大量的做派,举手投足里头处处是仙风道骨。小人文过,英雄本色,敢作践自己的,才是英雄中的英雄。宋约翰是个人物。他后来输给唐老爷还是输在服气上。狠上头比掌门人略差一些劲道。脑瓜子好、想在暗地里头弄出一些想法的都有这个毛病。盘算过来盘算过去,眼看事要成了,自己的手又先软下去了。这一软就要了自己的命。这样的人都是太监的命,坐上龙椅要喊腰疼的。在上海滩,什么都可以没有,千万不能没胆子。俗话怎么说的?胆大日虎×,话是粗了点,意思全在里头。扎了针就见着血。

宋约翰死后好几年我才知道,宋约翰做掉老五的那一枪,是他取代唐老爷的重要一步。在此之前,宋约翰多次暗示唐老爷,余胖子在煤球工业上早就蠢蠢欲动了。这是唐老爷不能接受的事。唐老爷对"工业"没兴趣,但兴趣是一回事,让姓余的抢了先又是另一回事。唐老爷的煤球公司要是上马,虎头帮的重要资金必然流到"工业"上去,这差不多等于说虎头帮把自己的大权拱手送给宋约翰了——他们懂得什么工业?退一步说,唐老爷的资金要是不动,他和余胖子必然摽着,双方的对峙只能越来越紧张——实力相当的人永远只能是敌人。其实余胖子从来没有动过煤球的念头,他从宋约翰那里得到的允诺只是"事成之后"的地盘。但宋约翰不会担心唐老爷把这话挑明了说,掌门人只会在暗地里较劲,谁也不肯把话先挑明了——谁也丢不起那个人。唐老爷的手里永远只有一种假定的事实，而宋约翰手里占有的却是这种事实的解释权。只要解释是合理的，假定的事实将永远是事实，余胖子和唐老爷之间将永远不得太平。

宋约翰把余胖子卷进来是他的一着高招。宋约翰要做的事其实很简单。但简单的事反而不容易做成，做成的唯一途径是使它复杂化，余胖子一出场事情真的就不同一般了。

第 三 章

一

余胖子进逍遥城之前我正站在后台。我在练习打火机。我已经玩得很好了，可以说点火我已经十拿九稳。打火机真是一件很好玩的东西，小轮子转来转去，就能把火转出来了，真是很有意思。我喜欢打火机里头的汽油味，很好闻，深吸一口真是过瘾。我站在小金宝的衣橱旁边，一遍又一遍玩弄打火机。我注意到大厅里许多大人都在玩打火机。漂亮，有派头。我要是有了钱，长大之后可也是要吸烟的，烟好不好在其次，我只喜爱点烟的样子。等我开了豆腐店，出完了豆腐，我会倚在门框上，慢慢掏出打火机，啪的一声点上了，真是帅气，处处是大上海留下的气派。

小金宝坐在那面干净的镜子面前，用唇膏细细修理她的唇。我只能从镜子当中看见她的半张脸。她的那半张脸，让她自己挡住了。这个女人几乎每天都在修理自己。我望着她的背影，手里机械地拨动打火机，我并没有料到我已经闯下大祸了。我手里的火苗早已爬上了小金宝的一件粉色旗袍。一团火焰眨眼间变大了,如一朵荷花,开放在小金宝的粉色旗袍上。

我慌忙吹灭火苗,一把用手摁住。我挪开巴掌之后发现,旗袍的前襟开了洞。一个比鸡蛋还大的洞。我张罗了两眼,小金宝早站起身子了。她自己的身体挡住了她自己的目光。我收起打火机,悄悄把旗袍拿下来,顺了衣架卷好,放进了衣橱。

这时候小侧门外突然冲进来一个四十开外的女人。四十开外的女人慌慌张张地说:"小姐,老爷来了,快,老爷来了。"

小金宝侧过脸,疑疑惑惑地问:"他怎么来了?"

女人说:"来了好几个,说是陪余胖子听歌来了。老爷让你上《花好月圆》,小姐你快点换衣服。"

小金宝并不急。她把手背到身后,一边解衣服一边撇了嘴骂道:"那个老色鬼!"小金宝从头上取下一只蝴蝶发夹,咬在嘴里,无精打采地说:"臭蛋,给我把那件粉色旗袍拿来。"

我心里咯噔一下,看一眼那个女人,打开了橱门,装出认真寻找的样子。我翻了两下,把那件旗袍压到下层,挑了一件紫色道袍式样的东西,托在手上,小心捧到她的面前。"小姐。"我说。

小金宝伸手抓了一把。她的头回都没回。我看见她的修长指头在衣服上捻了一把,猛地把衣服摔到我的脸上,大声说:"是旗袍,乡巴佬,你以为老爷到这儿出家来了!"

女人倒是眼尖,几乎没费神就从衣堆里头找到了那件衣裳,嘴里不停地说:"小姐,别急,老爷他们在说话呢,就好,这就好。"

女人给小金宝套上旗袍,她把衣架顺手放在了梳妆台边。我屏住呼吸,严重关注着小金宝脸上的表情变化。小金宝懒散的目光在镜子中游移,如只猫,突然就发现了一只老鼠。我盯着她的眼睛,小金宝的懒散目光在见到那只烟洞之后瞳孔由一条竖线变成了一个圆!她嘴边的胡须贲张开来,大声说:"怎么回事,怎么会有这个洞?"女人摇着头,紧张得说不出话来。小金宝低下头对我吼道:"怎么回事?"

事到如此我反而不紧张了。我望着她的样子心中一下子塞满了冰淇淋。"我不知道。"我说。说完话我挂下眼皮,望着她的鞋尖。我的脑海里想象起她的模样,口红和胭脂一起气急败坏。

小金宝顺手操起衣架抽向了我的脑门。我甚至没有回过神来,没有来得及感受到疼,额上的血顺了我的眉骨爬了下来。血流进了我的眼眶,它使小金宝染上了一层鲜红,在血泊里头活蹦乱跳。

逍遥城的四壁响起了《花好月圆》,小金宝随了音乐的节奏款款登台。台下一片雷动。我捂着伤口,看见老爷慢慢鼓起了两只瘦巴掌。他的笑容皱在一起,像一块旧尿布又脏又皱。小金宝走到台边狠狠瞪了我一眼,随即转过脸去,她一转脸脸上立即风景无限,散发出卖弄性媚笑。我注意到老爷、宋约翰和郑大个子中间夹了一个大胖子。我猜得出他就是电话那头的"余老板"。余老板衔了一支雪茄,青色烟雾后头的眼睛一直盯着小金宝。他的眼睛极凸,和他的嘴唇一样十分形象又十分饱满地鼓在外头,像著名的金鱼水泡眼。余胖子坐得很正,用肃穆的神情对着小金宝无限专注。

郑大个子端了一只酒杯,不苟言笑。

宋约翰只瞟了台上一眼,立即把目光挪开了。他的眼睛里大上海静然不动,如一只鳄鱼静卧在水下。

余胖子把两片猪肝唇就到老爷的耳边,说了一句什么。老爷听后便大笑,两只手摸着光头,连声说:"彼此彼此,彼此彼此。"

小金宝的含情脉脉带了很浓的表演性质,她半睁半闭的眼睛一直望着这边,像墙上年画里的人物,每个人都觉得她只是在看自己。唐老爷以为小金宝拿了眼睛与自己恩爱了,来了兴致,对余胖子大声说:"余老板,这声音听起来怎么样?"

余胖子笑着说:"看在眼里比听在耳朵里有意思。"

小金宝唱道:"浮云散,明月照人来。团圆美满今朝醉。清浅池塘鸳鸯戏水,红裳翠盖并蒂莲开……"

老爷挠了头说:"唱来唱去,我就爱她唱这一段。上海滩会唱这个的到处都是,可她一唱就不一样,你听,你听听,拐来拐去的,像用鹅毛掏你耳朵。"

余胖子大而凸的眼睛失神了,目光里长出了指头。那些纷乱的指头在小金宝的身上摸来搓去。宋约翰利用这个机会走进了舞池。他的舞步庄重典雅,两条裤缝正对了皮鞋鞋尖,在舞步节奏中既风流倜傥又极见分寸。他的脸上挂了一层笑,目光沉着自如,只在转体的过程中迅疾地朝台上一瞥。小金宝的目光在远处默契地捕捉到他的转体,恶作剧的幸福感贮满了心胸，小金宝心花盛开，歌中的气息春情勃发。这样的气息感染了老爷，感染了余胖子，只有郑大个子木然不动，他端了一杯酒，看起来忧心忡忡。

从小金宝上台的那一刻起，我就瞄好了她最喜爱的那条花裤子。他们正开心。我悄悄打开衣橱，掏出打火机，熟练地点着了，在屁股那一块烧了个洞，随后换了个位置，在对称的地方又烧了一个洞。小金宝的裤子上立即戴上了一副眼镜。

做完这一切我的心跳得很厉害。我尽量收住我自己，吧台上的冰块那样不动声色。

小金宝从台上下来后那边进入了正题。四个人围在一张桌子旁，陷入了正式对话之前的短暂沉默。老爷首先打破了僵局，老爷的唇动了几下，说了一句什么。余胖子的雪茄早就自灭了，他吸了两口，嘴里没能喷出东西。宋约翰从桌子上拿起打火机，送上去一根火苗。余老板依然在目送小金宝。小金宝转身前回过头来，恰巧看到宋约翰给余胖子点烟，脸上顿时不顺了，掉过了头去。她的掉头动作看起来过于用力，过于生硬。余老板没有看宋约翰送过来的火苗，平静地接过打火机，自己点上了。余胖子微笑着吐出一口浓烟，嘴唇也动了一下。他们的说话声极小，我什么都没能听见。他们的话不多，句子也不长，就几个字，但从脸上看过去，话里头的分量都不轻。老爷和余胖子都只说了有限的几句，宋约翰欠了欠上身，说了半句话。他的话还没有说完老爷的巴掌就伸出来了，叉开指头挡在半空，宋约翰望着这只瘦巴巴的巴掌，把后半句话咽下了肚子，我注意到老爷的脸色就是在伸出巴掌之后变得难看的。

他又说了一句什么，然后用一种期待的神态注意着余胖子。余胖子耷拉下上眼皮，沉默良久，而后从嘴里取下雪茄放到烟缸里头，站起身，只留下了几个字，三个甚至是两个字，兀自走了。这是一个姿态，一个强硬的姿态，一个胸有成竹的人才有的姿态，随着余胖子的起立另两张桌子旁分别站起来两个大汉，贴着余胖子一同出去。我回头望了望坐在镜子前的小金宝，又望了望老爷他们几个，眼前的一切扑朔迷离。眼前的一切那样不真切，没有底，带有浓郁的大上海性质。

老爷习惯性站起了身子。他站得极慢。他的送客姿态都没有做好余胖子就走出三四步了。老爷没有跟上去，只瞟了余胖子的背影一眼，然后就望着烟缸里的那半根雪茄。雪茄腾起一缕孤直的青烟，老爷重新抬起的脸上凭空而来一股杀气，如烟缸里的雪茄，燎起阴森森的冷蓝色雾霭。但他的眼睛依旧在笑。他抬起的目光与宋约翰和郑大个子的眼睛不期而遇了。六只眼睛开始了绝密会议。会议只用了几秒钟，就地开幕，就地解散。没有人说一句话。几秒钟之后一切进入了逍遥城的常态。但会议的内容隆重巨大，会议一致通过，"做"掉余胖子。

后来岁月里我终于明白，老爷把余胖子约到逍遥城里头，不只是给宋约翰擦一擦屁股，还有一笔账，是一笔大账。唐老爷想做掉余胖子，绝对不是余胖子不肯放过宋约翰，不肯给老爷这点面子，而是老爷的心里头有了隐患，在煤球生意上。老爷不担心刘鸿生，这个后来成为煤炭大王的人物与唐老爷一个吃河水，一个吃井水，犯不上。老爷警惕着余胖子，他不能答应让余胖子插进来。老爷闻得到煤炭生意里头银子的气味,但老爷丢不开现在手头的"这碗饭","这碗饭"是他成为"虎头帮"掌门时师傅亲手交给他的。"虎头帮"的香火他断不得。煤炭这口烟我唐某可以不吸,你姓余的也不能吸。你要吸我就做掉你。这是规矩,不讲理的规矩,大上海的规矩。

老爷就想靠近余胖子,闻一闻他。你姓余的到底有没有和英国佬热乎上,想把手插到煤炭里去。老爷不在乎别人怎么说,就相信自己闻一闻。你抬哪一条腿,他就知道你放什么屁,闻错了怎么办?——"当然有闻错的时候,"老爷曾慢声慢气地说,"杀错了不要紧,但不能放错了。"

唐老爷望着余胖子走出逍遥城的背景,闻出东西来了。不过这一回他的确闻错了。但到底是谁让他闻错了的?是姓余的。当然要"做"掉他。

上海滩就要死人了。

二

小金宝起床通常在午饭时刻,夏日里也就是午眠时分。小金宝从来不午睡的。她一觉醒来时大上海的太阳正悬挂在中天。夏日的太阳凶猛锐利,大上海也就是这一刻能安稳几分钟,四处皆静。小金宝的后院的草坪全是刺眼的炎阳。天井的地砖烤白了,反射出懒洋洋的光,后院的草坪上几只乳白色的木凳不醒目了,显眼的倒是凳子底下的黑色阴影。那些阴影如几只黑狗,静卧在草坪的四周。

小金宝在马脸女佣的安排下洗漱完毕,静坐在大厅里吃早饭了。她刚刚洗完脸,脸上隐隐有一种青色光芒。她早晨的胃口历来不好,景泰蓝小碗与调羹在她的手里发出一些碰撞,又孤楚又悠扬。她的左前方有一盆插花,五六朵鲜嫩的玫瑰富贵而又喜气。小金宝没有上妆,她的脸色在玫瑰面前流露出枯败痕迹。小金宝看了看窗外门前的大太阳,突然心血来潮,关照女佣说:"把冬天的衣服拿出来曝曝。"

小金宝的衣服真多。这也是每一个风尘女子共有的特征。马脸女佣进进出出,不一会儿天井里就铺得红红绿绿。我帮着马脸女佣接接拿拿,但小金宝马上把我止住了。她看了看我的手,嫌我的手汗渍多,"太卤"。我只能斜站在门框旁边,看天井里的那株大芭蕉。那株大芭蕉在正午的炎阳下闪烁着油光,被阳光弄得又妖娆又吃力。它的巨大叶片在水泥与砖头之间显得缺乏应有的呼应,从进门的那一天起,我总觉得这株芭蕉与小金宝之间有某种相似,纷絮茂盛底下隐藏了一种易于忽略的孤寂。

马脸女佣开始往后院的草坪上运衣裳。整个后院开始弥漫出樟脑丸的古怪气息。这股气味越来越浓郁。小金宝夹了根烟,我走上去打火,她半天都没有点,却把烟放下了自语说:"多香,多好闻的气味。"我知道她说的是樟脑。我弄不懂她怎么这样痴迷这种气味。她的脑门上有一种梦的颜色,在夏日午时松软地绵延。我觉得她有一种类似于梦的东西被樟脑的气味拉长了,弄乱了,弄得四处纷飞。小金宝这样的神情渲染了我,我追忆起我的家乡,我的小柳河,我的桑树林。我望着小金宝，就这么走神了。小金宝突然注意到了我的打量，无精打采地说："看什么？我又不是西洋镜！"小金宝哼了一声，走到了条台面前。她趿了一双拖鞋，她的走动伴随了拖鞋与地毯的摩擦声，听上去拖沓而又慵懒。她拿起一张胶木唱片，放到手摇唱机上去，摇了两下，却又把唱片拿下来了。她的手又伸到了矿石机的开关上去，奥斯邦电台里头正播送小金宝的歌。小金宝听了两句，好像对自己极为厌烦，转开了。另一家电台里是日本仁丹和南洋香烟广告。小金宝转了一气，听来听去总是无聊，顺手又关了。

我侧过脸打量起后院，秋千也被马脸女佣用上了。秋千上卧了一件方格子呢大衣，呢大衣被太阳晒出了热焰，在秋千上像被烧着了，有一种无色无形的火苗在静静晃动。小金宝点上烟。她的烟吸得极深，吐得却很慢，很轻。大口大口的浓烟里有一种难以言传的焦虑与郁闷，随后淡了，随后淡成为虚空。

这天就这样无聊，就这样无所事事。就是这样的无聊中我却惹下了大祸。

傍晚时分马脸女佣开始收衣物。小金宝说："臭蛋，洗洗手，帮着收东西。"我洗好手，小金宝拿出一包樟脑丸和一叠小方纸，关照我把樟脑丸一颗一颗包好，待会儿塞到衣服的口袋里去。依照小金宝的吩咐，我先得在所有木箱的四只角落塞好白纸团。我托着一只盘子走进了小金宝的卧室。她的卧室极考究，放满了各式小盒子小瓶子和剔透的小玩意儿。小金宝不在卧室里头，但我尽量蹑手蹑脚，不弄出半点声音：我知道这个女人对樟脑气味的病态热爱，能放的地方我都给她放上了。

事情最终发生在一双棉鞋上，这双老式两片瓦棉鞋放在一张橱子的底部，被一块布挡着。这样的棉鞋我非常熟悉，这样的棉鞋充满了冬季里的乡村，但在小金宝的卧房里见到我反而好奇。我拿起鞋，鞋没有穿过，没分出左右。我把手伸进去，夏日里把手伸到棉鞋的深处有一种异样的归家感受。我塞进一只樟脑丸，随后拿起了另一只。

另一只鞋里头有只小盒子，一只极普通的纸盒。我打开来，里头装满了塑胶口袋，口袋里头是一个圆，像一只大耳环，也可以说像一只小手镯，软软的。我拿在手上，回头看了一眼小金宝，小金宝正在修指甲，没留意我这头。出于一种神秘的暗示，小金宝恰恰就在这时抬头看了我一眼，她看见了棉鞋。她的整个身子抖了一下，像给刀子戳着了。小金宝无比迅猛地冲进来猛推了我一把，抱过了棉鞋。她把所有的东西都塞了进去。她的这次凶猛举动使我十分错愕。她捂住棉鞋，脸上脱了颜色。我弄不明白她为什么要这样，那又不是金子。那么软，能值什么钱？

"你看见什么了？"好半天她这么厉声问。

"……没有。"我说。

她咬了牙撕着我的耳朵问："你刚才看见的是什么？"

"我不知道。"我老老实实地说。

小金宝一时反而无话了。她稳了稳自己，却没有再说什么。她把棉鞋顺手扔进一只箱子里去，把我拉到客厅，叼好烟，对我小声说：

"给我点根烟。"

我不知道她要干什么，给她点完烟，小心地立在她的身边。

马脸女佣恰巧走进客厅，她抱了一大箱子衣物，却被小金宝叫住了。"柳妈，"小金宝躺到一张躺椅上，"让我看看我的小乖乖。"

马脸女佣没有立即离开，她放下衣物，却把目光移向了我。她的眼神让我不踏实。她就那么用生硬冰凉的目光叉住我，直到我挂下上眼皮。我再一次抬起眼皮的时候马脸女佣已经离开了，她从怀里取出一只铜钥匙，从后门拐到左边去。随后就没了下文。

小金宝的香烟抽掉三分之一时马脸女佣回来了。怀里抱了一只大圆桶。圆桶上罩了一层厚厚的黑布。小金宝夹了烟，用夹烟的那只手指了指地上的圆桶，对我说："臭蛋，把布掀开。"我走上去，悄悄提起一只布角，弄不清黑布下面是什么。我拉开那张布，拉开布我就吓呆了，一条眼镜蛇几乎在同时竖起了它的脖子，对着我吐出它的蛇芯子。蛇盘在一只极大的玻璃缸里，它的粗糙皮肤在玻璃的透明中纤毫毕现。马脸女佣用一块玻璃压住缸口，小金宝蹲到玻璃缸边，尖尖的指头华丽地抚过玻璃壁，对蛇说："小乖乖，你真乖，是在乡下好还是在我这儿好？"小金宝一边自问一边自答了："呵，在我这儿好，你可要乖，在我这儿你可别乱动，乱说，哑巴的舌头不乖，哑巴的舌头就没有了，对不对？"马脸女佣正站在我的对面，我看见马脸女佣的两只手紧叉在一处，两只大拇指不住地上下转动。她的一只牙齿龇在外头,两道目光痴痴地望着我。我的手凉了,我闻到了马脸女佣嘴里的一股浓臭。我低下头,听懂了小金宝话里的话,可我弄不明白什么地方又得罪她了。我只是觉得手上冰凉,好像那条蛇从我的身上游了过去。

小金宝歪了下巴让马脸女佣抱走玻璃缸,走上来摸了摸我的头。我把注意力全部放到了舌头上。我用牙咬住了舌尖,对舌头说:"你可要乖,在我这儿别乱动,乱说。"

小金宝突然对我好些了。这让我很意外。我弄不懂究竟因为什么。她甚至上街买毛线这样的事也让我陪她了。她买回了一盒子英国毛线,米色,摸在手里毛茸茸的,两只指头一捏就没了,松开指头它们又恢复了原样。小金宝买完毛线情绪特别地好,还主动让我摸了一把,问我说:"好不好?"我想了想,连忙说"好"。

午后小金宝打毛线的兴趣说来就来了,她让我坐在她的对面,胳膊做成一张架子,帮她绕线团。小金宝绕到第三只线团时门外响起了刹车声,小金宝有些意外地抬起头,进门的却是给老爷开车的瘦猴。瘦猴走到小金宝的面前,叫过一声小姐,一双眼只管对我张罗。瘦猴对我说:"臭蛋,老爷叫你。"我有些恍惚,没有听明白他的话。小金宝放下米色英国毛线团,疑疑惑惑地说:"叫他做什么?老爷怎么会叫他?"瘦猴说:"回小姐话,我不知道,老爷叫我干什么我就干什么。"小金宝望着我,突然笑起来,说:"怎么又傻了,老爷叫你,还不快去!"我望着她的笑脸,怎么看她也不像小金宝。这女人真是好本事,刚刚是眼镜蛇,掉过屁股就是大姐姐了。

三

我做梦也想不到老爷会让我坐他的小汽车。老爷的汽车在下午开进了四马路，四马路热闹非凡，两边的建筑装潢呈现出中西迥异的矛盾格局。车子开得很慢，小广寒、也是楼、鸿运楼、中和馆、一品春、青莲阁以轿车的速度次第往后退却，各式人等在路两侧闲逛，西装革履的洋场阔少与身穿黑亮烤绸短衫的帮闲占了多数。老爷的车在"聚丰园"门前停住，我从汽车的反光镜里看见老爷正对着自己微笑。老爷说："臭蛋，四马路可是个好地方，要吃有吃，要玩有玩。"

下午三点钟正是餐馆的闲时。聚丰园的二楼上冷冷清清，干净漂亮的二楼客厅只有两三个闲人在喝闲酒。老爷上了楼，四处张了眼看，窗前一个三十五六岁的客人端坐在圆桌前。他坐在室内，却戴了副墨镜，正对着窗下四处打量。我注意到他的面前只放了一碟花生米，一壶酒，一只酒盅。老爷缓缓向那人走过去，那人看见老爷过去，把老爷上下打量了一眼，拿起筷子横放在酒盅和盘子之间。

跑堂的伙计走上来，对老爷鞠过躬，弯了腰说："先生要点什么？"

老爷指了指墨镜面前，说："跟他一样。"

伙计转过身后老爷抱起了拳头，往后退了一步，说："老大是门槛中人？"

墨镜回过头，摘下了眼镜，起身离了座位，拱起手说：

"不敢沾祖师爷灵光。"

我发现墨镜摘下眼镜后是一个白白净净的人,两只眼睛很小,很长,长长的一条缝。

老爷和墨镜相向而坐,坐下后老爷发话说:

"帮是哪一帮?"

墨镜说:"江淮四帮。"

"贵前人领哪一个字?"

"父在外,徒不敢言师——敝家先师头顶二十路香,手烧二十一路香,讳一个'铁'字。老大领哪一个字?"

"头顶念一世,身背念二世,脚踏念三世。"

老爷和墨镜便再次拱手,一同会心一笑。

"兄弟找上门,是寻口霸、开桃源还是开条子劈堂?"墨镜说。

伙计上来放下酒菜,老爷阴森森地盯着墨镜,好半天说出两个字:

"劈堂。"

"野猫头还是钻地鼠?"

老爷说:"野猫头。"

"几条地龙?"

老爷伸出三根指头。

墨镜笑笑,摇摇头,说:"涨价了,这个价只够卸两条腿。"

老爷夹住一只大拇指,把食指也放出去了。

"我要全打开。"

"老兄口子太大。"老爷的脸上有点不高兴。

"兄弟我靠这个吃饭,向来万无一失。"

老爷没吱声,半晌把指头伸到酒杯里去,眼睛看着四周,在案板上写下一行字。老爷从口袋里掏出一面小镜子,镜面对着对面的墨镜。老爷把镜子从面前的一行字上匀速拉过去。墨镜看着镜子,读通了,轻轻点头。老爷把镜子收进袋中,端起酒把那行字浇了,呼出一口气,神情松动了些。老爷拱起手,说:"我和贵前人有过一面,照这边的码头规矩,兄弟今晚为老兄接风。"

墨镜当天晚上死在逍遥城里谁也没有料到。宋约翰这件事干得真是漂亮。这么多年了,墨镜死的样子我还记得。宋约翰怎么会让一个职业杀手去做余胖子?怎么也不会。他要是那么傻他哪里还配叫宋约翰?他等着"虎头帮"的人自己去做余胖子,然后把事情挑大,职业杀手那么利索,余胖子死得又有什么意思,宋约翰不会让他死得那么干净,死得那么快。余胖子他还用得着,余胖子早早下土了,他一个人哪里能和姓唐的摽。墨镜真是个冤鬼,给虎头帮请来了,又让虎头帮给做了。他做梦也想不到"虎头帮"里头会出这样的事。

墨镜进逍遥城已经很晚了,可能是在接风晚宴过后。宋约翰和郑大个子陪着他。两个主人的脸上都有些酒意,但墨镜没有喝,我在后来的岁月里见到过数位职业杀手,他们都有一个共同特征:滴酒不沾。

照道理墨镜是不该在这种时候到逍遥城里来的。宋约翰能把他弄过来真的不容易。墨镜的身份一直没有显露,真正知道他该做什么的其实只有老爷和他自己。老爷没有说,宋约翰也没有问。宋约翰只知道墨镜姓"王",到上海来做"棉纱生意"。这是墨镜亲口对他说的。但是,不管他姓什么,做哪一路的生意,宋约翰的天罗地网在逍遥城是给他布下了。

墨镜进入逍遥城四下张罗过一遍,选择了靠墙角的一张座号。逍遥城里有些燠热,生意也比前些日子清淡了。宋约翰进门时小金宝正坐在吧台前和两个客人说笑,小金宝似乎喝多了,但是没醉。这个女人天生是个喝酒的料,喝多少都不醉,越喝笑容越亮堂。这样的时刻小金宝的眼神有一种迷糊,显得更有风韵。小金宝的一只手正搭在一个男人的肩膀上,说了一句什么好笑的话。她只笑了一半眼睛就和宋约翰郑大个子他们碰上了。她拍了拍那人的肩,走到了宋约翰的面前。

"贵客来了。"

宋约翰点头一笑,让墨镜走到小金宝面前笑着说:"这可是上海滩上最有名的歌舞皇后。"

郑大个子向来对小金宝都是直呼其名的,他夹了雪茄,大声说:"小金宝,大哥不在,也别《花好月圆》了,我就想听'假正经,做人何必假正经'。"

小金宝对他抛个媚眼:"你才是假正经!"

宋约翰笑着说:"你别说,郑兄说得不错,我倒是也想听。"

小金宝早就不听他们啰嗦了，直勾勾地望着墨镜。墨镜极不习惯与女人面对面地对视，一双眼只是想躲。他的眼角有些吊，有一种天成的风流态。"这位是——"

"敝姓王。"

小金宝一眼就知道他是女人面前的新手，来了精神，故意坐到墨镜的对面，说："姓王的都是我朋友——拿酒来，我们喝一杯。"

"我只喝水，从不喝酒。"墨镜客客气气地说。

酒已经送来了，小金宝端起一只杯子，斜了眼对墨镜说："你喝一杯，我给你唱一首。"

郑大个子望了望墨镜的酒杯，大声说："还不喝？"

宋约翰说："王兄一晚上可是都没喝。"

"那是什么时候？"小金宝半闭着眼睛瞄了他一眼，"现在是什么时候？"

墨镜有些窘迫地说："我真的从来不喝。"

郑大个子伸手捧起墨镜的酒杯，痛快地说："我替你喝！"

小金宝伸出手，大拇指和食指夹住了郑大个子的巴掌，后头的三只指头翘在半空，袅袅娜娜的样儿。"我就不信我这点面子都没有。"

墨镜为难地拿起酒杯，看一眼小金宝，喝了，把空杯口对着小金宝。

小金宝粲然一笑，放下酒杯，起身说："我去换衣裳。"一直站在吧台内侧的男侍阿化走了上来，他托捧了一只金属盘站在宋约翰的身后。阿化的上衣雪白，在逍遥城的灯光里不停

59

地变换各种颜色。阿化长得臂长腿长，天生一副好身子骨。阿化在宋约翰面前弓下腰，墨镜正捂了嘴一阵咳嗽。郑大个子拍了拍他的背，说："王兄真的是不能喝。"

宋约翰回头盯住了阿化，他的双眼一只眼像叉子一只眼像刀，有一种急于吃掉什么东西的热烈倾向。宋约翰命令阿化说："给我一杯苦艾酒。"

阿化听清楚了。阿化听见宋约翰清清楚楚对他说："给我一杯苦艾酒。"阿化迅速看一眼墨镜，墨镜正用无名指在眼窝里擦泪水。阿化躬下腰轻声对宋约翰说："是，先生。"

宋约翰要喝"苦艾酒"就是要死人。至少死一个。

乐池里的音乐是在一段相对安静里轰然而起的。小金宝没有唱，她跳起了踢踏舞，她的踢踏散发出一股热烈的酒气。节奏狂漫，动作夸张，卷动着肉欲。她的一双脚在木质地板上踩踢出金属与木质的混响，小金宝知道有人在看她，知道自己的乳峰之上聚集了男人的焦躁目光。小金宝谁也不看，她依靠天才的空间感受能判断出男人们的空间位置。逍遥城里安静了，小金宝的鞋底在四处狂奔。她的头发散开了，黑色水藻那样前呼后拥。

墨镜在踢踏舞的尾声走向了卫生间。卫生间的路通过吧台前沿。墨镜在一个女招待的指引下一个人悄悄向后走去。郑大个子从来没有见过小金宝还有这么一腿，下巴挂在那儿。小金宝远远地看见宋约翰那边的座位上空了一个人，她喘着气，用了好大的力气才明白过来是那个姓王的离开了。台下一片喝彩，所有的手都在半空飞舞。只有吧台里的阿化低了头，静静地擦一样东西。阿化手里拿了一块很大的布。是在擦他的指头，一只，又一只。这家伙总是那么爱干净，手上一点东西都不能沾。

墨镜从远处的过道上出现了。他扶着墙，他的手指几乎像壁虎一样张了开来，吸附在壁面上。逍遥城里恢复了平静，人们没有注意这个额外细节。这时候有一个半醉的男人往卫生间走去，他走到墨镜的面前，说："你醉了。"墨镜张大了嘴巴，一把扑住了他。他的手沾满鲜血。半醉的男人看着他的手想了好半天，突然大叫道：

"血，血，杀人啦！杀人啦！"

逍遥城的混乱随墨镜的倒地全面爆发。逃生的人们向所有的墙面寻求门窗。桌椅散得一地。整个逍遥城只有三块地方是静的：吧台、舞台和宋约翰的座号。郑大个子扔下香烟立即冲到了墨镜的面前。小金宝立在台上，站姿麻木得近于处惊不变。她的眼里飘起了烟。那股浓烟飘散出来，弥漫了宋约翰和郑大个子。她弄不懂身边发生了什么。她的身边死过无数的人，她唯一能知道的仅仅是又死人了。

"怎么回事？"郑大个子问。

宋约翰没说话，阴了一张脸，好半天才叹口气说："天知道。大上海才太平了几天？"

第 四 章

一

墨镜被杀没有在大上海闹出什么话题。这次意义重大的谋杀实际上被人们严重忽略了。多数人恪守这样的话题：大上海哪一天不死人？人们极容易把墨镜死亡的意义等同于一般的斗殴伤害。真正对此高度重视并心系于此的只有两个人：老爷和宋约翰。他们天天见面，对于墨镜的死亡说一些不关痛痒的话。但他们的心中都有一个疙瘩：老爷觉察到了一种危险，他不能知道危险来自何方，但他看见危险又向他靠近了一步，哧溜一声，黑咕隆咚地又向他走近了一步。老爷的的确确看见这种危险了，这个我有把握，否则他不可能天天去陪余胖子打牌。老爷骨子里是瞧不起这个大胖子的。现在想想余胖子实在不入流得很，虽说样子还说得过去，但身上的霸气总是不足，别看老爷小了点，土了点，丑了点，但开口不开口总归还是老大的派头。这是学不来的。我只能说，老爷就是老爷，这可是一点掺不了假。

墨镜死后的三四天天气突然热了。一天一个吼巴巴的太阳。这几天很古怪,至少在小金宝的身边是这样,全上海似乎都把她忘了。小金宝一连好几天被人们丢弃在小洋楼里,白天没有电话,晚上没人捧场。小金宝在这样的炎热里表现出一种恹恹欲睡的混沌状态,她整天穿着那件黑色丝质背心,两只胳膊花里胡哨地撂在外头,终日弥散出鲜艳的肉质曙光。小金宝在白天里哈欠连天,在客厅里一边走动一边张大了嘴巴打哈欠。那件毛衣只织了两排,不耐烦了,扔到了一边。米色毛线可怜巴巴地缠在两根茨针上头,呈"人"字状骑在手摇唱机的铜喇叭上。只有到了晚上小金宝才重新变得热烈起来,张扬起来。刚死了人的逍遥城来客更加稀少了,只有小金宝一个人卖力地跳,卖力地唱。不知道是为了谁,她的脖子对了麦克风伸得极长,唱出一些令人心醉的山呼海啸。许多乐师和招待都被她弄得心酸。一到白天她又蔫了,像一只猫,夜里圆圆的两只瞳孔到了白天萎成了一条线,处于半睡眠、半清醒的矛盾状态。

白天的大部分时间小金宝都坐在那张旧藤椅里头。左手既夹烟又端酒。小金宝用那种忧郁放浪的做派守着电话机。那台电话机也是黑色的,一连好几天没有发出动听的声音,她对电话的渴望连我都看出来了。我不晓得她在等谁,我只知道那部电话一直没有响。小金宝什么也没有等到。

小金宝的西瓜只吃了几口。她愣了一会儿神,把调羹扔进了半只西瓜内。调羹溅起了一只西瓜籽，西瓜籽跳出来，落在了我的脚尖。小金宝斜了眼望着我，对我说："过来。"我走到她的面前，她没好气地对我说："给我捶捶腿。"

我跪在她的腿边，小心地给她捶腿。她的腿弹力极好，捶在手里有一股回力。我捶得用心而又谨慎，由膝盖始，认认真真地当一件活做。我捶了没几分钟，小金宝疲惫地笑了笑，说："不错，捶好了给你赏！"我不指望她的赏。她的钱可都是长了牙齿的，这个我怎么能没有数。过了一刻小金宝就睡觉了。鼻子里发出了匀和细微的喘息。我不敢停。我担心一停下她就会醒来。我交替着给她捶两条腿，就在我准备中止时她却意外地睁开了眼睛。小金宝冲我笑了笑，缓慢地向上拉起了裙子，她在我面前露出了两条腿。是两条光滑滋润的腿，她的下巴往外送了送，对我说："别停，谁让你停了？"

但她的声音有点异样。不凶。是那种拿我当人的调子。我抬起头，她正仔细地打量我。她用一只指头挑起我的下巴，低声说："给我搓搓。"

我必须听她的话。张开了巴掌帮她搓。小金宝不再动了，两只手抓住了藤椅的把手，我慢慢地帮她搓，小金宝的胸脯一点一点起伏起来，鼻孔里的气息也越来越粗。她的嘴唇开始左右蠕动。她一定是疼了，我减轻了力气，她的脸上却变得加倍痛苦，脸上也涌上了一层红润。小金宝轻声说："臭蛋。"我望着她。我木呆木呆地只是望着她。小金宝打量了我半天，我弄不明白她为什么要用那样的目光打量我。她突然提起脚踹向了我的胸窝。我倒在地上，小金宝站起身，用一只指头指着我大声骂道:"小赤佬,你这狗日的乡巴佬!"

　　老爷终于让人带小金宝过去了。不过不是过夜,是过去吃饭。老爷过一些日子总要把十几个兄弟一起聚起来吃一顿饭的,男男女女老老少少地全挤在一起。老爷喜欢这样,老爷常说,他就是喜欢一家子全聚在一块,看着老老少少的吃,看着老老少少的喝。老爷其实喜欢有个家,所有的人都知道,要不是为了小金宝,老爷是不会让太太带了孩子住到乡下去的。

　　从各方面来看老爷的这顿饭请得不是时候。天这么热,又有几个人有胃口?但老爷让大伙吃,谁又敢说不吃?

　　晚宴安排在唐府的西式大厅,大厅里的墙壁被壁灯弄得无比辉煌。所有的灯都打开了,白蜡烛照旧点了一桌子。我站在门后望着满屋子的白蜡烛,心里涌上了极坏的预感。白蜡烛热烈的光芒让我看见了热烈的死亡。在我们家乡只有家里死了人才点白蜡烛的。白蜡烛的莹白身躯永远和死尸的两只脚联系在一起。我弄不明白老爷好好的要点这么多白蜡烛做什么。

　　老爷坐在主席。老爷的十五个兄弟按年岁大小顺了大桌子一路坐下去。他们的妻儿都带来了,热热烘烘塞满了一桌子。桌子上的玻璃器皿和银质餐具闪耀出富贵光芒。大伙的说笑让我觉得这是夏天里过的一个大年,是夏天里唐府中伴随着死亡气息过的一个年。

　　二管家站在我的对面。他的脸色很不好,一脸的不高兴。我知道为什么。小金宝进门时二管家曾满面春风地迎上去,小金宝没理他。小金宝看了他一眼就给了他一个背。小金宝转过身后二管家就开始拿眼睛对我。我正在抠鼻孔，二管家狠狠瞪了我一眼，我小心地把手放下，吸了吸。依照年龄次序宋约翰坐在大餐桌的末端。老爷远远地坐在首席，小金宝陪着他，侧在那儿。这个坐法很考究，小金宝既在餐桌之上，又在餐桌之外。老爷的十五个兄弟各带了太太齐齐整整地码在大厅里。碰杯声和说话声响成一片。声音最有趣的还是欧八爷，他的声音又尖又急，听上去含混不清，活像一只鹦鹉。大厅里没有中心话题，各说各的，声音像苍蝇的翅膀一样四处飞动。

宋约翰和他的太太在餐桌的末端闹中求静。宋太太以一件紫色旗袍成了这顿宴会的醒目人物。宋太太今天打扮得极亮眼，这和宋约翰一贯的做派有点格格不入。宋约翰的对面是郑大个子夫妇，郑大个子的老婆是个俗艳女人，整个宴席上都能听得见她的咀嚼。她的口红伴随着她的吃相，又艳又凶。宋太太坐在对面显得文雅娇小，刀叉捏在手上像提了绣花针。她和宋约翰不停地耳语，说一些别人听不见的开心话。宋约翰在整个席间大部分时间侧了头，微笑耐心地听他的太太的悄然耳语。他们在餐桌上文雅而又体面。席间的声音很纷乱，老爷过一些时候就要发出一些粗鲁的大笑。老爷笑起来很丑，但我从心底喜爱老爷的这种笑声，撒得开又收得拢。只有成功的男人才能谈笑风生，才能在别人面前放开嗓子大笑。老爷笑起来之后满嘴的黄牙全龇在外头，每一阵大笑嘴里都要喷出一些白色的东西。他一笑全桌子都跟着笑，好笑不好笑在其次。老爷笑了，当然就值得一笑。老爷大部分时候安静地吃几颗花生米，那是大师傅为他一个人准备的。他用手捡起花生米，慢悠悠地往嘴里丢,慢悠悠地嚼,慢悠悠地咽。老爷一边吃花生米一边望着满满一桌子的人吃喝,像一个爷爷望着面前的全家老少。老爷笑眯眯地把目光从每个人面前扫过,谁也弄不清他的脑子里到底想了些什么。我远远地站在门口,背对着门,望着老爷。我的心中好大的不踏实。可我说不清因为什么。

音乐响起来了。老爷用筷子夹过来一块西瓜片,一口整整地吞了。小金宝白了他一眼,轻声说:"你怎么又用筷子?吃西餐哪里有用筷子的?"老爷笑了笑,不在乎地说:"洋人的规矩是管洋人的,哪里能管我?"老爷说完话抬头望着手下兄弟,大声说:"你们怎么不跳舞?一边跳,一边吃消化消化,吃得多又跳得好。"

郑大个子挥舞着刀叉说:"大哥,我从来没见你跳过舞,你和小金宝来一段二龙戏珠。"

老爷笑笑说:"你们跳,戏珠的事好说。"

十几张嘴巴又一同笑。宋约翰抿了嘴,极有分寸地一笑,低下头喝了口加冰苏打水。

老爷挥了挥手,赶鸭子一样笑着说:"跳,都跳。"老爷转过来叫过二管家,关照说:"叫他们多拿点冰块来。"

小金宝的目光开始向远处打量。她的目光在寻找一道目光。宋约翰在远处站起身,要过了宋太太的手。这个动作自然而又平静。小金宝的眼睛失败了。她的失败风平浪静。她的目光平移过去,和郑大个子不期而遇了。小金宝轻轻地一扬眉梢,郑大个子的眼神好半天没回过神来。他用眼睛问:"我?"小金宝的目光拐起了十八弯,同样用眼睛说:"当然是你,呆样子!"

郑大个子托了小金宝的手走进舞池。宋约翰和他的太太正从相对的方位呈四十五度斜着走进。小金宝和宋约翰对视了一眼,这一眼心有灵犀,张扬和内敛都同样有力。这个稍纵即逝的精致过程中小金宝辐射出诸多内心怨结。宋约翰扶了扶眼镜,对小金宝微微一欠身子,开始了舞步,小金宝侧过脸,傲气十足地随郑大个子款款而行。

郑大个子人粗,舞跳得却是精细。音乐极好,音乐里有大理石的反光和洋蜡烛的熠熠光芒。一会儿舞池就挤满人了。人们的掌心里都沁出了一层厚厚的汗。人们弄不懂老爷怎么会在这样的季节开这样的舞会。

郑大个子在这一曲华尔兹里鹤立鸡群,他舞姿倜傥,展示出极强的表现欲望,郑大个子满面春风,低下头有些炫耀地看了一眼小金宝,小金宝正仰了头盯着他,眼里充满了崇敬,仿佛少女情窦初开。郑大个子的脚下立马就乱了,没了方寸,他再一次低下头看小金宝时她的脸上已是冷若冰霜,散发出长期幽禁的女人才有的哀怨与缅怀。郑大个子的脸上立马茫然了,他故意转了个身,瞟一眼老爷,老爷坐在远处只有背影。小金宝右手的四个指头像即将上山的春蚕那样,半透明地顺着郑大个子左手的虎口往上爬,郑大个子用力挣脱开来,额上有了汗珠,郑大个子把小金宝四只指甲握得极紧,稳住了,小金宝的四只半透明的春蚕却极其顽强,坚定疯狂地又爬了上来。它们就那样艳丽冰凉而又依偎柔弱地在郑大个子的手背上蠕动。郑大个子向四处瞟了几眼,低声说:"嫂子!"四只春蚕这时便死掉了,临死之前悄悄爬回了原处。这时候小金宝看了一眼远处,她明白无误地看见了老爷和一个人正在说话。她的眼眨巴了一下,回到了原来的样子。

老爷从桌子上撕下了一块鸡腿,很意外地对我招了招手。我明明白白地看见了老爷的这个动作。但我不敢相信,更不敢往前挪步。二管家并了步子走到我的面前,推了我一把:"老爷,是老爷叫你哪。"我仰着头只是望着二管家,二管家握住了我的肘弯,把我拉到老爷面前。老爷拿了那只鸡腿,对我说:"我还记得,你也姓唐!"

老爷把鸡腿塞到我的手上,我接过鸡腿,极不放心地望了不远处的铜算盘一眼。他正在吸水烟,但我知道他水烟箱的盖板里头有一只铜算盘。我可是两只眼睛一起看见的。

一曲终了,人们各自回到自己的座位。女人们忙着擦汗,发出一阵阵娇喘。郑大个子把小金宝送回位置上人就待在了座位上,他低着头,只是喝酒。小金宝也低着头,两只手平放在大腿上,一动不动。欧八爷端起了杯子,尖声说:"干一杯,为虎头帮干一杯!"大伙一起起立,纷纷端起了各种颜色的酒。郑大个子的女人用膝盖顶了顶大个子,郑大个子才慌里慌张地举杯,一时慌乱却又端错了,幸好桌上人多,谁也没有多留意他。老爷站了好半天才发现小金宝还坐在身边,一只手把她揽住了,故意柔声问:"又怎么了,小乖乖?"小金宝散了神了,目光只是对着叉子视而不见,她歪了歪肩头,从老爷的怀里挣脱开,伤心地说:

"我累了。"

二

老爷从什么时候疑心小金宝的，我不清楚。老爷到底疑心小金宝什么，我也不清楚。我能吃得准的就一点，老爷对她不放心了。老爷对小金宝的疑心立即改变了我与小金宝的关系。我终于卷进去了。长大之后我听到了一句话，说的就是我：人在江湖，身不由己。卷进去，你就出不来了。我就这样。你好好听听这句话：人在江湖，身不由己。你别拿自己太当回事。你想着法子做人，盼望着别人给你好脸，别人一给你好脸，你就他妈的不是你了。——你是谁？说不好。这要靠运气。靠碰。

铜算盘没有拿水烟。他空着两只手，把我引向了老爷的密室。他没有和我说一句话，只是盯着我看。他的样子怕人，眼睛像两只洞，他用一块黑布蒙上我的双眼。老爷的密室在地下。我做梦也没有想到，唐府的地下还有一个唐府。大上海就这样，天上地下九重天。

我被带进地下密室时是午后，铜算盘在我的身前为我引路。我听着他的脚步，眼前一片黑。我就记得他的尖瘦肩部撑着他的上衣，使人想起"皮包骨头"不足以说明他的瘦，实在就是"布包骨头"。我的脚下踩着许多鹅卵石，脚边散了许多叶片。我闻得见四周有很复杂的植物腐朽气息。后来我听见了一阵开门声，是石门，我听得见石头与石头之间粗重的摩擦。后来我站在了地下室的门口,我感觉得到。四周一片阴凉,人像是在井底。铜算盘为我解开了黑布。我睁开眼,漆黑。眨了两下,还是漆黑。过了好半天我才还过神来。不远处的深处有一个拐角,拐角里射过来一束雾滋滋的光。那束光芒照在我脚下的石阶上,石阶很潮,能看得见湿漉漉的反光。

我顺着石阶往下走。太阳已经被地面挡在外头了。这是一个怕人的念头。地下袭来了一阵凉气,这阵阴凉加重了我内心恍如隔世的孤寂感。我想我的脸上这会儿早就脱色了。我唯一感受到的只是脚下石阶的坚实。但这种坚实使我双脚反而没把握了,我踏一步稳一步,稳一步再降一步。我从我自己的脚尖都能看出自己如履薄冰的复杂心态。我拐过弯,看见了一张大椅子。椅子的靠背又高又大,即使老爷不在椅子上,我也能猜得出这是老爷的座椅。老爷的瘦小身躯陷在椅子里头,两只手有力地握住了木质把手。我走到老爷面前,在离他还有一扁担远的地方立住。我不敢靠近他。我小声喊过"老爷",老爷说:"过来。"我又走上去两步。老爷问:

"你姓唐,对不对?"

我偷看老爷一眼,点了点头。

"你知不知道你跟谁姓?"

"跟我阿爸。"

老爷笑了笑,说:"你不是跟你阿爸姓,是跟我姓。"

老爷从座椅上走下来,顺手拿起一只金属听盒,扒开铁盖,摸了摸我的头,顺手把听盒递到我手上,说:"吃吧,美国花生米,又大又香。"

我感觉到听盒的一阵阴凉,傻站了一会儿,把花生米放回桌面。我猜得出老爷不会把我叫来吃花生米的。我退回原处,两只手垂得工工整整。

"你到上海做什么来了?"

"挣钱。"

"你怎么才能挣到钱?"

"听钱的话。"

老爷摇摇头,微笑着捻起我的耳垂。"要想有钱,就不能听钱的话;听钱话的人都发不了财。——要想有钱,就要让钱听你的话。"

我呆在一边。我听不懂老爷的话,可又不敢问。

老爷拍了拍椅子的巨大靠背,说:"只要你有一张好椅子。"

我用心看了看这张椅子。我看不出钱为什么要听它的话。

老爷并没有再说下去,他就那样用手拍打椅背,沉默了。他的沉默在地下室如一只活尸,使死亡栩栩如生,充满了动感与威胁性。好半天之后老爷才叹了一口气。老爷说:"可是有人想抢我的椅子,"老爷说完这话又静了好大一会儿,轻轻补了一句:"他还想抢我的床。"我又看了一眼老爷的椅子,掉过头看了看四周,地下室里没有床。

老爷极慢地从口袋里摸出一块手表,对我说:"臭蛋,这个给你。"

我接过表,我弄不明白老爷为什么给我这么贵重的东西。"你要让我高兴。"老爷关照说。

我小心点了点头。

老爷说:"从现在起,你为我做事。为我做事要有规矩,我的话,让你做什么,你谁都不能说。你在哪里说出去,就在哪里倒下去,你懂不懂?"

"我懂。"我说话时听见了牙齿的碰撞声。

"从今天晚上起,小姐几点钟上街,几点钟见了什么人,你都要记下来,记在脑子里,七天向我报告一次。——手表你认不认得?我会派人教你。"

当天晚上我就遇上麻烦了。

我一个人把自己关在屋子里,悄悄上了闩子。我想数钱。我知道我有十块大洋,老爷刚给的,可是我要数。数钱的滋味真的太好了。每数一块都一阵欣喜。第一块是第一块的感觉,喜从头上起。第五块又比第六块高兴,前面有村,后头有店,真是上下通达两头有气。第七块的时候心里又不一样了,满足,富裕,要什么有什么的样子。还有那块表,那也是我的。大上海真好,姓唐真好。

我把手表塞到席子下面,拿起洋钱一块一块码在床框上。我尽量像老爷那样,把动作放慢了。十块洋钱搭在了我的面前,像一只烟囱,洋溢出大上海的派头。我蹲下身子,目光与床框平齐,而后把目光一点一点往高处抬。这只烟囱在我的鼻尖前头高耸万丈了。我的心头禁不住一阵狂喜。我想起了我的豆腐店,想起了每天中饭绿油油的菠菜与白花花的豆腐做成的神仙汤。

"发财了?"我身后突然有人说。

我吓了一跳,猛地回过头,小金宝正立在我的身后,我弄不懂她是怎么进门来的。我明明闩好了的。小金宝抱着两只胳膊,挑一挑眉尖,问:"哪儿来的?"我反身扑在洋钱上,我的身子下面响起了洋钱一连串的响声。

"哪儿来的?"小金宝的声音和钱一样硬了。

我不吭声,只是望着她的脚尖。

"是偷的?"

我不说话。

"偷哪儿的?"

我还是不说话。

小金宝不问了,小金宝坐在了我的床边,却慢慢摸起了我的耳垂。这是老爷摸我的地方。我感到他们两个人都是喜爱摸人耳垂的。小金宝大声说:"柳妈!"

马脸女佣又慌张又笨拙地走了进来。马脸女佣垂手躬腰站在了小金宝面前。"让我看看小乖乖——今天看老六。"马脸女佣点了头出去了。我紧张起来,我紧盯着小金宝,知道要发生什么。

马脸女佣端进来的又是一条蛇,是一条通身布满白色花纹的古怪东西。那条粗长的花蛇蠕动得极慢,通身上下有一股警告性。

小金宝突然推开我,把床框上的洋钱猛地撸进蛇缸里去。花蛇受了惊吓,沿了玻璃壁不停地翻腾。小金宝撸完钱揪住我的耳朵,把我拉到蛇边:"你拿,你再拿!你姓唐,钱也姓唐，你捞上来一块我再赏你一块——哪里来的，你给我说！"

"我偷的。"

三

回到小金宝的小洋房已是深夜。小金宝的小洋楼里所有的灯都打开了，弄得脆生生地明亮。我一进门就看见了堂屋正中央开了一盆玫瑰，紫红色玫瑰开得吉祥富贵、喜气洋洋。马脸女佣早就在门口迎候了。打开这么多灯一准是小金宝吩咐的，这个不安分的女人过几天总要弄出一些花样。

就是在这个灯火通明的晚上小金宝让我喝酒的。小金宝洗完澡，极其意外地拉响了铜铃。我一听见铃声一双脚马上在地上胡乱地找鞋。我跑到小金宝面前，她早就在躺椅上躺着了，身上只裹了一件白色浴巾。她跷着腿端着一杯酒。我说："小姐。"我低下头才发现脚上的一双鞋穿反了。小金宝上下打量了我一眼，嘴角露出一丝冷笑，说："猜猜看，我叫你来干什么？"我想了想，摇摇头。小金宝用下巴指着身边的茶几，茶几上放了一杯酒。小金宝说："桌子上有酒，你端起来。"我端起酒，小金宝懒洋洋地说："臭蛋，陪我喝酒。"我一时不知道说什么好，嘟囔说："我不会喝，我没有喝过……"小金宝翻了我一眼，问我说："你有没有吃过药？"我用双手托住酒杯，照实说："吃过。"小金宝无精打采地说："那你就当药吃。"小金宝伸过手来，和我碰了杯，碰杯的声音在半夜里听起来又热闹又孤寂，小金宝一仰脖子，喝光了，把空杯子口对我不停地转动，一双眼意义不明地盯着我，含了烟又带着雨，我抿了一口想放下，小金宝绵软的目光立即叉出了蛇芯子。我一口灌下去，猛一阵咳嗽。小金宝放下杯子，关照说："挺你的尸去。"

宋约翰进入小金宝卧室是在我熟睡之后。小金宝依旧坐在镜子面前，给自己倒了一杯酒。对着镜子和自己干杯。酒杯与镜面发出极细腻的悠扬声，由粗到细，清清脆脆的尾音液体一样向夜心滑动。小金宝听见了脚步声，是那种依靠通奸经验才能听得见的脚步。脚步声越来越近，越来越密，最终在门口悄然而止。小金宝端着酒杯的手指开始蠕动。她从镜子里看见了自己的蠕动，胸前也无声地起伏了。她从镜子里看见自己的胸脯一点一点鼓胀出来，露出了墨蓝的血管，她看见血液在流动，流向门的外面。

宋约翰推开了门，他梳理得极清爽，脸上刮得干干净净。小金宝望了他一眼，满胸口却弥漫了委屈，宋约翰一脸喜气挨到小金宝的身边，张开手，一把捂住了她的臀部，随后滋滋润润地往上爬动。他的手在浴巾的搭扣上止住，他抽出食指，轻轻地往下解。小金宝的手里端着酒，她的另一只巴掌绕了弯捂紧了宋约翰的手。她捂住了，身子收得很紧，端着酒杯只是用眼睛抱怨他撩拨他，几下一撩宋约翰鼻孔就变粗了，气息进得快出得更快。宋约翰发了一回力，小金宝也用力捂了一把。宋约翰笑笑说："干吗？你这是干吗？"低了头便在小金宝的后脖子上轻轻地吻。他们的手僵在那只搭扣上，宋约翰越吻越细，小金宝的身子一点一点往开松，一点一点往椅子上掉。小金宝无力地把脑袋依在宋约翰的腹部。小金宝手里的酒杯侧了过来，宋约翰接过杯子，把酒喝掉。小金宝说："你坐下来，先陪我说说话。"宋约翰说着话便把小金宝往床沿拽。小金宝没动，平心静气了，说："我不。"

宋约翰加大了声音说："怎么了？像个处女。"

"你轻点，"小金宝不高兴地说，"小公鸡在下面，老东西这几天可是常叫他过去。"

"不就是一个小赤佬？"

"你轻点，你当我给他吃了砒霜？他只是吃了点安眠药。"

两个人静下手脚，又一次陷入了僵局。

"别当我什么都不明白，"小金宝说，"我是谁，对你并不要紧，你只是想让老东西戴顶绿帽子。"小金宝抱着肩，眼里发出了清冽孤寂的光芒，"你只不过拿我的身子过把老大瘾！——今天又怎么了？肯到这里来。"

宋约翰拍了拍小金宝的腮，笑得有些不自然。"你肯给我又开两条腿，还不是想恶心恶心老东西——你恨他，可又不敢说，我也没指望我们俩是金童玉女。"

"你别以为你上了我的床你就是老大，你做梦都想着当老大，以为我不知道？上海滩老大到底是谁，还料不定呢。"

宋约翰双手夹住了小金宝的肩头，说："好了——怎么啦？"

"不怎么，我就想拒绝你一回。"小金宝说。小金宝其实并没有想说这句话，不知道怎么顺嘴就溜出来了，"我就那么贱?"

"好了,"宋约翰说,"你拒绝过了,这回总不贱了吧?"小金宝扭着身子跷起了二郎腿。小金宝正色道:"别碰我,我可是个规矩的女人,是唐老大包了我,我可是上海滩老大的女人。"

宋约翰阴下脸。这女人就这样,一阵是风一阵是雨。他望着这个露出大半截大腿对他不屑一顾的女人,太阳穴边暴起了青色血管,真的生气了。他狠狠地说:"我现在是老大,我至少现在就是老大!"宋约翰揪住小金宝一把把她扔到了地毯上,愤怒无比地掀开了小金宝的浴巾,低声吼道:"我这刻就是老大!"

小金宝在地上踢打,她光着身子拼命挣扎。"放开我!你放开我!"

"你给小乡巴佬吃了什么?是安眠药还是砒霜?"宋约翰鼻尖对着小金宝的鼻尖问。

两个人的打斗不久以后就平息了,两个人都不出声。宋约翰跪在地上,两只膝盖压住了小金宝的两只手。

小金宝张大了嘴巴,想大声叫喊,但又不敢发出声音。

另一场无声的斗争开始了。这场斗争公开而又隐秘,喧腾而又无息。这场斗争在怪异中开始,又在怪异中结束。

小金宝从地毯上撑起了身子。那条浴巾皱巴巴地横在了一边。小金宝望着那条浴巾,仇恨与愤怒迅猛而固执地往上升腾。屋子里很空,弥漫着古怪复杂的气味。小金宝顺手拉过来一件裙子,松软无力地套在了身上。她坐到凳子上,开始倒酒。她一气喝下了两大杯，失败与破碎的感觉找上了门来，小金宝一把把梳妆台上的东西全撒在地上，大吼一声冲下了楼来。

小金宝在客厅里乱砸。抓住什么砸什么，她的嘴里一阵又一阵发出含混不清的尖叫声。裙子的一只扣子还没有扣好，随着她的动作不时漏出许多身体部位。她如一只母狼行走在物件的碎片之间。"狗日的，"她大声骂道，"狗娘养的……"小金宝大口喘着粗气，额上布满了汗珠，胸口剧烈地一起一伏。连续猛烈的狂怒耗尽了小金宝的力气，她倒在了地毯上，回顾一片茫然。泪水涌上了她的脸，她双手捂住两颊，伤心无助地在夜间啜泣。

孤寂和酸楚四面包围着这个独身的风尘女人，她的啜泣声在夜心长出了毛毛腿，无序地在角落里爬动。

小金宝走进了我的房间，用力推了我的屁股一把，"起来！你给我起来！"

我困得厉害。我也弄不明白我怎么就困得那么厉害。我尽量睁开眼，就是睁不开。我被小金宝一把拉了起来，拖进了客厅。

"臭蛋！你醒醒！"

我倚在桌腿旁，身子慢慢瘫到了地毯上。

小金宝用力抽着我的嘴巴，厉声说："醒醒，狗日的，你和我说话。"

我的眼睁了一下，又闭上了。

小金宝一连正反抽了我一气，气急败坏了，"狗日的，死猪，你和我说说话。"

　　我的嘴动了两下。我知道有人在命令我说话，可我不明白该说什么。过了一刻我听见小金宝说："你唱支歌，臭蛋，你给我唱支歌也行。"我想了想，想起了我妈妈教我的那支歌，我张开嘴，不知道有没有唱出声来。但是，我知道，我的的确确是哼了两句：

　　　　摇啊摇，摇到外婆桥
　　　　外婆说我好宝宝……

　　我再也想不起来了。我挂下脑袋，睡着了。

第 五 章

死人不会给上海太多记忆的。上海滩对死亡历来迟钝。墨镜的死给逍遥城带来的萧条终于给酒精冲走了。洋钱和欲望招来了充满洋钱与欲望的人们。逍遥城又热闹了。人的身影像钱的梦，像酒的梦，在逍遥城里穿梭恍惚。

我垂手站在墙角，如二管家教导的那样，望着台上的小金宝。她在唱歌。我记得她好像让我唱歌的。是在一个梦里。我唱起了一首童谣，我怎么会唱起那首歌了？我弄不明白我为什么会做那样的梦。

老爷和余胖子再一次在逍遥城里出现大大出乎我的意料，一帮保镖跟在他们的身后。我看见二管家跟在老爷的身后，赔着一脸的笑。老爷和余胖子笑嘻嘻地走向大门，他们亲热地互相拍打对方的肩膀。余胖子的肚子真大，和老爷走在一起他的肚子越发显得空旷，走路时能看得见晃。余胖子比我们家老爷高大得多，但是反而没有我们家老爷有样子。老爷走到哪儿，总有老爷的样子，余胖子走在我们老爷的身边，有点像个打手，虽说穿戴都讲究，嘴里还有两颗金牙，但他的金牙使他笑起来多了几分野气，不像我们家老爷，满嘴的牙齿又黄又黑，开口闭口全是霸气。

老爷走到门口掏出了怀表,瞟了一眼,关照二管家说:"我和余老板还有四圈牌,我要去摸完,你去告诉小姐,我晚点回去,叫她等我。"

余胖子在老爷发话时站在老爷的身后。他的脸上很平静,平静如水,是那种经过修饰后的平静如水。多少年之后我才弄明白,这也是大上海的表情。它表明又要死人了。

二管家来到我的面前,把老爷的话告诉了我,二管家想了想,说:"你今晚一个人料理,有什么不清楚的地方回头问我。你总不能总是跟在我后头。"二管家交代完毕又回到老爷那里去了。几个保镖正在出门。他们的个子真大,堵在门口差不多把门全封死了。

现在想想二管家真的是为我好。其实那天晚上他可以留在家里,那样他也就不会死的。可是话也要说回来,一个下等人,在上海生得必须是时候,死得也必须是时候。二管家在唐府那么多年,唐府的事可以说知根知底了。二管家在唐府里后来能得到那种定论,全因为他死得是时候。有权有势的人谁不喜欢杀人?你越靠近他,你的小命越保不住。等他把身前身后知根知底的人全收拾完了,他就成了一尊佛了。他就成了空穴来风。他说自己是什么东西他就只能是什么东西,一切都有"尸"为证。跟在大人物的身后,最好是他的家业还没有料理妥当你就死掉,这再光彩不过、体面不过。你要是老不死,等人家回过头来做你,你小命保不全不说,你的死相总不会好看。当然,这些不是我十四岁那年能弄明白的。明白这些事的时候，我的腿也老得走不动了。

小金宝走进了老爷的卧室。一切都显得那样的安静。她不知道今晚马上就要死人。小金宝用脚踹开门，一个人走到了大镜墙的面前。我守在门口，小金宝没有关门，她就那样在镜子面前一点一点往后退。后来她不动了，斜着眼从地板上看过去，她的衣裤无声无息地掉在了地上，散落在脚的四周。她用一只脚踩住另一只脚的后跟，把鞋也脱了。随后她抬起腿，把衣裤很优美地甩了出去。我看得见她的脚。我知道她现在的样。我想起了二管家的话，不敢再看。但是我想看，我第一次涌动起想看的欲望。照二管家说的那样，闭上眼，只用心看。看了半天，看不出头绪。随后屋里的大灯熄了，只留下一只床头灯。小金宝撩开帐子，钻了进去。

我立在门外，和小金宝一起等候老爷。四周安安静静，我甚至能听见远处传来的汽车喇叭声，这样的时刻显然无比安详。时间拉长了，在大门的外头，随电灯下面小飞虫的翅膀一起，暗示了一种含混不清的游动过程。我的耳朵里几乎听不见动静。我的耳朵慢慢疲倦了。耳朵里的疲倦又悄悄爬上了眼帘，我眨巴了几下，困得厉害了。我立在原处，低下头，我想我就这么站在原处睡着了。

一声意外的响声在唐府的寂静里轰然响起，是金属大门猛地被推开后的撞击声。我吓了一个激灵，睁开眼，四周空无一人，我愣在原处。就在我的这个愣神中大院里响起了不同寻常的汽车轰鸣和鬼鬼祟祟的众人说话声。我看了看屋内，屋内没有动静，就听见里头"啪"的一声，床头灯也灭了。我悄悄走到阳台，趴在了阳台的栏杆上。这时候冲进来几辆黑色轿车，整个唐府里到处都是刺耳的刹车声。有一辆慌里慌张靠在了主楼下面，司机一定刹晚了，汽车在路灯底下猛地一个晃动。车门打开了，四五个黑衣人围了过来。他们小声急促地说着话，七手八脚从车上抬下来好几样东西。主楼里立即传出了两路人的跑步声，是两股人，朝着两个不同的方向，一股是楼上楼下，另一股立即散开了，急促的脚步声向围墙的四周散去。

深夜的唐府一片纷乱，每个人都急急匆匆，有一种难以言传的惊恐与慌乱。随后汽车的马达声一辆一辆地熄灭了，远处响起了几下枪栓声。再后来所有的灯一盏接一盏相继关上了，只在路的拐角处留下有限的几盏，像长了白内障的眼睛，不透明也不明亮。黑暗中我看见一路人向浴室那边悄然移去，一团一团的人，看不清在忙些什么。在这阵慌乱中一样东西掉在了地上，是一把刀，被石头路面反弹了一下，连续一阵颠跳。我张开嘴，小心跟了下去。我来到底楼的时候楼下已经没人了，只有那扇旋转门还在快速不停地来回转动。我扶住栏杆，等那扇门安稳了，悄悄跟了出去。

大门口传来了关门声，大铁锁用的是铁链子。我听见了远处铁链与铁门的细腻撞击。

过廊里空空洞洞，拉出不祥暧昧的透视。一阵凉爽的风吹过来，在我的身上吹出了一阵冰凉。我的身上早就汗透了。我猫着腰，壮了胆子往前走了几步。我的脚下突然踩上了一样东西，我踩在这个东西上身子往前滑了两步，差一点滑倒。因为滑行我知道是一把钢刀。钢刀的刀尖因为重压发出峭厉古怪的声音。我蹲下去，右手握住了钢刀的刀柄，慢慢站起来，感到手上糊上了一层黏稠，就把刀交到左手上去，在微弱的灯光下我叉开了五指，我看见自己的手成了一只漆黑的血掌。有几处已经结成了血块。我愣了一下，手里一松钢刀就掉了下来，又一阵不期而然的金属跳跃，逼得人透不过气。我重又蹲下去，大口呼吸，我一抬头看见绛红色的大理石地面上一条粗黑沉重的血迹向过廊的那头延伸，这条血迹被踩出了多种不规则的脚印。脚印热烈汹涌地向前，一直扑到阴曹地府。出于一种热切的恐惧，我沿了血迹向前走动，这时候浴室的灯亮了，我兔子一样向灯光处疾蹿，里头响起了一阵又一阵液体的冲刷声。我扒在墙上，壁虎一样扒在墙上，看见鲜红的液体从墙角的出水洞涌出来，在灯光下流进阴沟，里头有人说话，我无限失措地推开浴室的大门，所有的人一起回过头来，反被我唬了一跳，与我对视。这个惊魂不定的对视弥漫了活泼的死亡气息，没有一个熟面孔，没有一点声音，三具尸体散在地面，有一具尸体上凭空长出了七八只刀柄。纺锤形。这具尸体的眼睛睁得很大，似是而非地望着我，僵硬无神又栩栩如生，我觉得面熟，我突然认出了浑身长满刀柄的正是二管家，我后退一步，腿软了，嘴唇不住地嚅动。我终于缓过气来，刚想大叫，一只手捂紧了我的嘴巴，是一只血手，一个声音命令道：拉出去。

到了这个时候我才发现二管家对我的作用。他活着时我无所谓，他一死我才明白过来，这个爱唠叨的半老头其实是我在大上海的唯一靠山，唯一的亲人。是他把我引进了大上海，是他告诉我伸手抬手中如何做一个上海人。而今这个人没有了。晚上还好好的，现在说没就没了。

门外走进来一个人，是老爷。他的身后跟了铜算盘。老爷脸上的横肉都耷拉下来，失却了上海滩老大的往昔威风。老爷走到尸体面前，摸每一具尸体的脸，老爷蹲在二管家的身边，和二管家对视。老爷不说话，默然从铜算盘的手里接过酒瓶，套到二管家的嘴边，往里灌，淌得一地，而后老爷喝下一大口，喷到二管家的身上。老爷站起身，脱下自己的上衣罩住他的脸，老爷的腰间缠了好几层绷带，左侧的白色绷带上洞开一片鲜红。身边的一个家丁说："老爷，二管家的眼睛还没闭上呢。"老爷的脸上滚过一阵疼痛。我看见一条鲜红从绷带里头爬了出来，越爬越长，老爷说："吃我们这碗饭，每个人的眼睛都在地底下睁着。"老爷走到门口，看见了我，我正被一个家丁拉住。老爷厉声说："放开他。"那只血手就放开了，却在我的脸上留下一道巨大的血手印。老爷又喝下一口酒，喷到我脸上，挪出一只巴掌胡乱地给我擦拭。老爷把酒瓶递给家丁，双手捂住我的腮，说："是你二管家替我挡住了那些刀子。"我没有把老爷的话听到耳朵里去，却忘记了喊老爷，忘记了看老爷的脚尖。我的一双眼对着老爷如夏日麦芒那样开了岔，在烈日下摇晃。我对着上海滩的老大视而不见，忘记了悲伤与哭泣，铜算盘从后面插上来，小声说："老爷，医生在等您。"老爷对四周的家丁望了一眼，大声说："叫什么医生？

我就破了一点皮！"老爷说这话时我的眼睛正对着老爷腹部的血迹失神，老爷大声说话时腹部一个收缩，白色绷带下面的鲜红突然就岔开了两三股。铜算盘慌忙解了上衣，替老爷披上。

老爷随铜算盘消失在拐角。我一个人被留弃在岔路口，青黑色砖头路面布满阴森危险的光芒。我站在原处，如孤坟旁的一株野树，无人毁坏，也无人过问，立在风中通身洋溢着死气。

二管家的尸体横在浴室里头。他再也不会对我唠叨了，再也不会有人向我讲述大上海开口闭口、伸手退手里的大学问了。二管家是我在大上海能够说话的唯一的人，他把我弄来，一撒手，什么也不管了。我在这一刻想起了家，想起了我的阿妈和所有的乡村伙伴，我仰起头，天空和星星离我很远，我不知道我的家在什么地方。

小金宝披着那件白裙子一个人从黑暗处走了出来。她站在那盏昏暗的路灯下面，脸上是知天晓地的样，只是敌不住恐惧。小金宝和我隔了四五米远，我们在这样的时刻悄然对视，谁也不敢先开口说话，这时候宋约翰和郑大个子从前院冲了过来，郑大个子喘着气，手里提了一支德国造盒子枪。宋约翰显得很急，但没有显示出郑大个子的那种心急如焚。郑大个子冲到浴室面前，双手推开浴室的门，大声说："大哥呢？大哥怎么样？"里头有人说了句什么，随后出现了极短暂的沉默。

宋约翰和小金宝在过廊尽头正作无声打量。小金宝似乎有很多话要说，嘴巴张了几下，到底什么也没有说出来。宋约翰只是扶了扶眼镜，他扶眼镜的过程中意义不明地干咳了一声。

夜在他们的对视里。大上海的气味也在他们的对视里。

郑大个子从浴室里返回结束了他们扑朔迷离的沉默状态。一种极重要的东西让郑大个子失之交臂了。郑大个子的焦急显示出对大哥的赤胆忠心。郑大个子对宋约翰挥了挥手，只说了一个字："走！"他就一同走向后院了。

我的周围又安静了。小金宝掉过头，望着宋约翰和郑大个子的背影，随着脚步的远去，她又回过了头来。小金宝一定从我的脸上看到了吓破胆之后的神情。她走到了我的身边。恐惧和悲痛把我弄麻木了。我的脸上布满了酒迹与血污。小金宝仔细打量了我一眼，用右手的中指擦我脸上的血痕，这个意外的温存被我放大了，内心的麻木随小金宝的指尖一点一点复活了，眼里的泪水顷刻间无声飞涌。我望着小金宝柔和起来的脸，一把抱住了小金宝的腰，我抓住了救命稻草，失声痛哭。小金宝一把推开我，压低了声音厉声说："别哭！"我抬起头，哭声戛然而止，只是张大了嘴巴，小金宝从右胸襟里抽出一块白手绢，擦过自己的衣服，又在我的脸上补了两把。我依旧张着嘴，喉管里发出极努力的阻隔，不敢哭出声音。"这个院子里还要死人的。"小金宝最后擦了一把，自言自语说。

小金宝把唐府都打量完了和我一同来到了老爷的卧房，门半掩着，一个女佣端了铜盆从里头出来。女佣背对着光，这使她的蹑手蹑脚更像一个幽灵。小金宝轻轻推开门，人已经散去了，只剩下医生和铜算盘。医生正从老爷的胳膊上往外拔针头。医生悄声说："老爷，不要多说话。"医生收拾箱子时铜算盘走到小金宝面前，堵在了门口。铜算盘轻声说："小姐，老爷有话要说。"小金宝就进去。铜算盘立即补上一句，说："是和我有话要说。"小金宝听懂了他的话，讪讪收回脚步，和我一起站在了过廊。上海的夜又一次安静了，除了医生离去的脚步声，四周杳无声息。我背倚一根柱子，身子滑下去，蹲在地上如一只丧家犬。门被关死了，窗前的灯光表明屋里并不安静。小金宝的身影在黑暗中来来回回地晃，这样的晃动持续了相当长的一段时间。很突然的一声破裂声轰然在卧室里面响起，是铜器，小金宝和我被吓着了，小金宝缩到了我的身边。铜算盘在屋里说："老爷，不能发脾气，您看血又出来了。"小金宝沉住气，悄悄走到门前，伸出手咚咚敲了两小下，里头没有回应。小金宝收住手，又悄悄退了回来。小金宝站在原处，静了片刻拔腿就走，赌了天大的气。墙角的拐弯处却闪出一条黑影，拦住了她。黑影子说："回去！谁也不许乱动！"黑影子的说话声不高，但声音里头有山高水深。

　　回到小洋楼已经是夜间一点。马脸女佣走到我的身边，鼻子在用心地嗅。她一定从我的身上闻到了什么。她的眼睛在我的身上四处寻找。马脸女佣最终盯住了我的手。她只看了一眼，身子就背了过去。这时候落地大座钟敲响了午夜一点。钟声响起时小金宝、马脸女佣和我正站成三角形，立在客厅的正中央，钟声响起后我们相互打量了一眼，随后小金宝就上楼了。她的背影疲惫，充满了厌倦与无奈。她走在窄小的楼梯上，每爬动一步臀部便大幅度地扭动一次。马脸女佣望了她一眼，转过身往后院去了。

谁也没有料到小金宝的电话铃会在这个时候响起来,小金宝和马脸女佣原地站住了。她们彼此看不见,却一同回过头来看我。我交替着看了她们各一眼,兀自回到我的小房间去了。

铜算盘来敲门大约在四点钟左右。我的印象里天还没有亮。铜算盘的敲门声秋风一样沁人心脾。我惊魂未定。在这样的夜间敲门声里有一种格外的东西。马脸女佣打开了门。铜算盘走到我的门前,拍了两下,大声叫道:"臭蛋,起来!"我已经起来,拉了几下门,却没有拉开。这时候楼上的灯亮了,我站在门后的黑暗里透过门缝看见小金宝站在了"S"形楼梯的拐角。她穿了一件鲜红的低胸红裙,两只雪白的大乳房有大半露在外头。小金宝立在那儿,冷冷地问:"什么事?"我透过门缝从第一眼看到小金宝的那一刻起就有一个感觉,小金宝一直就没有睡。她的头发、神态和衣着一起说明了这个问题。小金宝走下楼梯,站在最低一阶的梯子上,再也不离开了。她望着铜算盘,又问了一遍:"什么事?"但这一次说得中气不足了,好像心里有什么隐患。铜算盘却说:"怎么把臭蛋锁上了?"小金宝扔过一把铜钥匙,解释说:"昨晚上他吓着了,回到家我怕他出什么事。"铜算盘却不再问了,既不像相信,又不像不相信。铜算盘把我放出来,对小金宝说:"老爷关照了,你们跟我走。"

小金宝神经质地愣了一下。她十分意外地回头看了一眼楼上,"走?这时候到哪里去?"

"我不知道,"铜算盘的话像算盘珠子一样听得见,看得出,"老爷吩咐了。"

"我收拾一下。"

"这就走,小姐。"

"……我收拾一下。"

"这就走,小姐。"

"这是到哪儿?要几天?"小金宝一边走动一边大声说,"要是离开上海可不行,我还要拿点卫生纸,我过两天就要用了……"

第 六 章

一

大事情总要回过头去看,才能弄明白。我那时候就是弄不清楚,老爷干吗要把小金宝弄到上海的外面去。我现在当然明白了。明白了就替小金宝难过,她只不过是一个小诱饵罢了。我甚至怀疑小金宝和宋约翰的那点事,老爷他早就知道了。老爷说不定就是从这件事上发现姓宋的没和他姓唐的穿一条裤子。老爷决定反过来先做掉姓宋的。但老爷不能在上海动手,老爷也没法在上海动手。老爷在上海滩立足的本钱来自他的仗义,这样人们要知道是他做掉自己的兄弟,在江湖上传出去可是了不得的事,话还要退一步,老爷也没法在上海动手。好多年之后我才听说,宋约翰手下一直养着十八个铁杆兄弟,虎头帮里的十八罗汉。有十八罗汉在,老爷想动姓宋的就不容易。老爷要端姓宋的,当然要十八罗汉一起端,道场就大了。他要把道场做出去。作为这个道场的开始,小金宝出发了,小金宝和我被两个保镖押住,神神秘秘钻进了老爷布好的道场。

乌篷船驶进小镇已是第二天深夜。石拱桥和两岸小阁楼的倒影早在水下睡着了，液体一样宁静无语。乌篷船走在两岸小阁楼的倒影之间，蓝幽幽地弄出一路涟漪，阁楼们在水下晃动起来。江南水乡的一切在水里浑然天成。它们与水是天生的一对，被波浪荡漾开来，婉约了一方水土一方人。我一路低了头望着水底的星星，但乌篷船一点一点把夜空搓碎了，星星就拉长了，柳叶鱼那样逃得无影无踪。

乌篷船一连过了三座石桥，我看见了灯光。灯光被方格子窗棂分成豆腐方块。乌篷船在灯光下的石码头靠泊了。安静有时也是一种力量，它使每个人都不自觉地蹑手蹑脚。小金宝跨上石码头，只两三个石阶就到了石门槛。小金宝的低胸红裙被汗水淋透了，又让身体烘干了，和她的表情一样皱巴巴地疲惫。小金宝走进屋，踩着那双乳白色的皮鞋站在石板地上。屋内弥漫了一股浓郁的烟熏气味，楼板和墙壁布满黑色烟垢。锡烛台放在灶沿上，远远地照出一张粗重方桌和两条长凳。灶旁边是一只大水缸，一道裂痕从头歪到脚，五六个大铁钉锔在裂痕上，如一排大蚂蟥。再有一只大橱柜，剩下来的就是破楼梯了，目光一踩上去就发出咯吱声。小金宝看完四周用一句咒骂做了最终总结："鬼窝！"

站在门口迎候的是两个男人，一个长腿，一个短脚。都在四十上下，地道的农民装束。小金宝没力气说话了，用眼神示意我，把烛台端到方桌上去。小金宝走到桌边坐了下来。一只胳膊撑在桌面，一只手抚着大腿，一副大小姐派头。小金宝盼咐两个男人说:"给我拿双鞋来。"两个男人没动,长腿阿贵却走到灶前用一只大海碗盛满稀饭,放上几只老咸菜根,端到小金宝面前。他把大拇指从稀饭里抽出来,吮了吮。小金宝厌恶地掉过头,烟瘾和酒瘾一起涌了上来,她平静地命令矮脚阿牛:"给我倒酒。"矮脚说:"现在没酒。"小金宝眼里的严厉在烛光下面透出夏日阴凉,但小金宝让步了,小金宝说:"我要抽烟。"矮脚几乎和刚才一样回了一句:"现在没烟。""那你们待在这里干什么?"小金宝的嗓子说大就大。"看住你!"阿牛不买账地说,"是唐大老爷吩咐的。"小金宝疲惫的脸上如梦初醒,阿牛不识时务地补了一句:"晚饭是我们给你剩下的,明天你们自己料理。"小金宝盯住了烛光,小金宝看烛光时脸上发出了白蜡烛特有的青色光芒。我看见小金宝蛇吐芯子那样吐出了三个字:"王!八!蛋!"

小金宝站起身。她下面的爆发动作与她起身时的缓慢镇定极不相称。她猛地掀开方桌,黑灯瞎火的同时瓷器的粉碎与木头的撞击声响彻小镇的八百里天空。"滚出去!"小金宝尖声骂道,她的声音在漆黑的夜发出炫目火光。"滚出去你这王八蛋!"小金宝依靠良好的空间直觉迅速摸到了两张长木凳。她把木凳砸在了木墙上,咚的一声,"滚!"小金宝随后又咚的一声,"滚!"

小金宝的尖叫笼罩了整个小镇。响起了婴儿的惊啼。啼哭从黑处飘来,在我的耳朵里拉出了小镇的寂静的夜空。

阿贵重新点上白蜡烛。重新点亮的白蜡烛照耀出小金宝的绝望神色。烟瘾和酒瘾把她的脸弄得很难看。剧烈的喘息在她的胸前回光返照。阿牛锁好前门后门，用蜡烛在一盏小油灯上过上火。两个人一同走进了堆柴火的小厢房。小金宝站了一会儿，关照我说："上楼去。"我端着烛台走到楼梯口，用脚试了试，旧木板的咯吱声被江南水乡的小镇之夜放大了，发出千古哀怨。楼上就一张巨大的红木床。又古典又精致，雕面对称地向左右铺张，烛光照耀出凉爽结实的红木反光。小金宝跨上床踏板，顺手掀开左侧的一块木盖，露出一只马桶，有红有绿，华贵好看。一只木盆放在马桶边，有两道极好的铜箍。我站在梯口，小金宝用脚踩了踩地板说："你就睡那儿。"我望望脚下的楼板，无声地点点头。小金宝似乎精疲力竭了，倦态马上笼罩了她的面庞。小金宝拽了拽红裙，抬起头。"给我烧水去，"她无精打采地说，"我要洗个澡。"

我再一次上楼，我的脑袋刚过了阁楼板的平面看见小金宝已经睡了。她一定是困极了，样子都睡散了，胳膊和腿散得一床，东一根西一根。我轻轻地坐到楼板上，望着小烛头，脑子里全空了。我只愣了两个哈欠的工夫，眼皮就撑不住了，我甚至都没有吹掉蜡烛头，歪下身子就睡着了。

那一阵尖叫发生在黎明，闪电一样破空而来，无迹可求，随后就开始了雷鸣。小阁楼里发出了木板的暴力打击与破碎断裂。小镇一下子天亮了。人们循声而起，了无声息的小镇清晨充斥了一个疯狂女人的突如其来。这时候石板小巷里飘了一层薄雾，人们刚从石门槛的木板槽里卸下门板，四处就炸开了那个女人的猛烈尖叫。"王八蛋！王八蛋！我要抽烟，给我酒！

烟！我要喝酒！我操你亲爹你听见没有！"

小金宝睡足了，劲头正旺。小金宝一把推开北窗，推开北窗的小金宝自己也惊呆了，窗下居然是一条街，对街阁楼上几乎所有的南窗都打开了，伸出一排脑袋，石街上身背竹篓的农人正驻足张望，但真正受了大惊吓的不是小金宝，而是那些看客。小金宝半裸的前胸后背与残缺不全的化妆使小镇的人们想起了传说中的狐仙。那个狐仙被江南水乡的千年传说弄得行踪诡秘、飘忽不定。它突然间就在二楼推开了窗门，隔了一层淡雾，由口头流传变成了视觉形象。近在咫尺、妖冶凶残，活蹦乱跳、栩栩如生！人们看见狐仙了。人们惊愕的下巴说明了这一点。

"看什么？"小金宝大声说。对面一排窗立即关紧了。小金宝大步走到南墙，推开南窗大声说："你们看什么看？"

南窗的风景与北窗无异。但到底隔了一条河，淘米汰衣洗菜浣纱的女人们似乎有了安全感，她们惊恐之后马上镇定了。一个淘米的女人在一个浣纱女的胸前摸了一把，笑着说："看见了，全看见了！"河上乌篷船上单腿划船的男人们跟着大笑了起来。小金宝低下头，极不自在地捂住胸，一脸的恼羞成怒。小金宝放下胳膊，"没见过？"小金宝大声啐了一口，"回家叫你娘喂奶去！""啪"一声，窗子关死了。

我提着一只大锡壶行走在小石巷。我奉了阿牛的命令前去冲开水。我的情绪很坏，一直想着二管家，我大清早就打瞌睡，一直有一种睡不醒的感觉。我走在小巷，步子拖得极疲急。满巷子都是雾，淡雾加重了清晨的小镇气氛。四五个人站在水铺的老虎灶前头，他们在议论什么。一个胖女人正用一只硕大紫铜水舀出售开水。我一到来他们便停止了耳语。我的陌生形象引起了他们的普遍关注。他们甚至自动舍弃了"先来后到"这一古训，给我让了先。我贮好水从口袋掏出一块银元，这是阿牛从一个布袋子里拿给我的，我把它递到了胖大娘的肉掌心。这一细节被所有人看在了眼里。胖大娘拿起小木箱，说："怎么找得开？你就没有零钱？"我摇了摇脑袋。我可从来不花零钱。我的这个动作在小镇人的眼里显得财大气粗，极有来头。胖大娘有些害怕地把钱还给我。我离去时利用换手的空隙回了一次头，几个人正停了手里的活一起对着我驻足遥望。我一回头他们就把脑袋还过去了。

小镇的一天正式开始了。几乎所有的人家都在卸拼木门板。篾匠摊、皮匠铺、杂货店、豆腐房、铁匠铺、剃头屋顺我的足迹次第排开。家家户户都开了门。人们在大清早的安闲潮湿里慢慢悠悠地进进出出。小镇清晨的人影影影绰绰，有点像梦。人们用问候、咳嗽与吐痰拉开了小镇序幕。很远的地方有鸡鸣，听不真切。路面石板的颜色加重了雾气的湿漉感。铁匠铺升火了，一股黄色浓烟夹在雾气里顺石街的走向四处飘散，消失得又幽静又安详，带了一点神秘。我走到铁匠铺前。一个强壮的铁匠正在拉一只硕大风箱。随着风箱的节奏炉膛里一阵火苗一阵黄烟。乌黑的铁锅架在炭火上，似乎有了热气，铁匠猛咯了一口痰，狠狠地吐进了炉膛。

我发现只有东面的隔壁邻居还没有开门。门板一块一块挨得极紧,没有一点动静。我刚想停下来,阿牛坐在门前不耐烦了,对我说:"快点快点。"我进了屋,看见阿贵与阿牛已经在前门后门把守住了,小金宝站在楼梯对着堂屋打愣。南门外是往来穿梭的尖头舢板。北门外是穿梭来往的男女行人。阿牛命令我给他们泡茶。刚泡好茶小金宝立即命令我去给她买衣裤、鞋袜、牙刷和烟酒。小金宝扯过阿牛的钱袋,顺手又给了我一块大洋,没好气地对我说:"还不快去!"我出去了,我可不傻,我转了一圈买回来的只有一双木屐、一只鞋刷、一小坛黄酒、一包旱烟丝和一只旱烟锅,外加几只烧饼。我把这些东西一股脑儿放在桌面,等待小金宝发话。小金宝看了桌面一眼,伸手拿起了黑毛鞋刷,说:"你买了些什么?你都买了些什么?"小金宝捂住我的脑袋大声说——"你给我拿去刷牙,你刷给我看!"阿贵坐在南门自语说:"我就听说过鞋刷、锅刷、马桶刷,从来没听说过牙刷。"小金宝拿起桌上的东西一气砸到了河里,指着我的鼻尖说:"给我去买,给我挑最好的买!"

我没有立即出去。我走到灶前打开盖罐,往食指上敷些盐屑,而后在嘴里捣来捣去。我把食指衔在嘴里时故意侧过脑袋,指头在嘴里运动得格外夸张。漱完嘴,我咂巴着嘴巴,似乎十分满意。小金宝疑疑惑惑地走到我刚才刷牙的地方,也弄了些盐,把食指送到嘴里去。她的嘴巴咧得又困难又难看。她拧紧眉头完成了这个每日开始的必需仪式,嘴里咸得不行了,一连漱了好几口都没能冲干净嘴里的咸气。刷完牙小金宝似乎有些饿,她从桌面上拿起一只饼,在桌角上敲了敲,很努力地咬了一口。她尽量往下咽，但该死的烧饼木头一样立即塞满了她的口腔。她咀嚼的同时烧饼屑从两只嘴角不可遏制地掉了下来。小金宝一把扔掉烧饼，啐了一口，扶在灶边就是一顿乱吐。阿牛捡回烧饼，在大腿上擦了擦，说："上海真不是人待的地方，这么好的东西都咽不下去了。"

二

小河里驶过来一条船，这条尖头小舢板是从西面驶来的。划船的是一个女人，三十四五岁了。她的舢板的尾部拖着长长的一排茅竹，扁担一样长，上下都有碗口那样粗。女人的小船还没靠岸，船上的女人一眼就看见我们这个屋子已住人了。她从船上站起了身子，一边捋头发一边茫然地朝这边打量。她的刘海被早晨的大雾洇湿了，缀着几颗透亮的水珠。她半张着嘴，流露出一丝不安。她把小舢板靠在隔壁西侧的石码头，把茅竹一根一根从水里捞上来，水淋淋地竖好，码在沿河的窗口。隔壁传来开门声，听得出有人正在和女人说些什么。女人一面小声说话一面用眼睛往这边瞄。小金宝就在这时走进了她的视线，小金宝的眼睛狠狠瞪了一回，"看什么？你自己没有？"女人显然被小金宝吓坏了，一时没有明白过来小金宝到底说了什么。女人的手一松，茅竹便一根一根倒在石码头上，发出空洞清脆的响声。那些竹子掉进了河里，横七竖八浮得到处都是。小河对岸的女人笑得弯起腰，她们零乱地议论起这边的事。一刻儿用嘴，一刻儿用眼神。

我这一回买回来的只有烟。是水烟丝和水烟壶。我把东西放到桌上，看着小金宝的脸铁青下去。阿贵吃着烧饼说："这回可真是最好的。"我不等小金宝发作拿起锡壳水烟壶往里头灌水，再捻好小烟球，塞好，把水烟壶递到小金宝的手上去。小金宝望了望两个看守，到底熬不过烟瘾，就接了过来。小金宝接过水烟坐了下去，急切地等我给她点火。可我不急。我到灶后抽出一张草纸，捻成小纸棍，而后放在手上极认真极仔细地搓。我搓得极慢。我瞟了一眼小金宝，烟瘾从她的嘴角都快爬出来了。我搓得越发认真仔细。成了，我划着了洋火，小金宝迫不及待地伸过了脑袋。我故意没看见，点着了纸捻，却把点着的洋火棍丢了。我迅速吹灭明火，纸捻飘出了一股青烟，我给小金宝示范一遍，吹出火，再吹灭，恭敬地把冒着青烟的纸捻递了过去。小金宝接过纸捻撅了嘴唇就吹，暗火一愣一愣顺着纸捻往上爬，就是不见火苗。小金宝咽了一口，又恼怒又无奈地望着我。我就又示范了一遍，吹灭后再递过去。小金宝突然记起了遥远的打火机，放下了烟壶。"好，"小金宝说，"好你个小赤佬。"小金宝用力摁住心中的怒火，重复说："好你个小赤佬。"我强忍住内心喜悦，只站着不动。"给我点上。"小金宝说。我从小金宝的语气里第一次听出了命令与祈求的矛盾音调，她的口气不再那么嚣张蛮横。我吹出明火，给她点烟。

小金宝一定是吸得太猛了。小金宝吸到嘴里的不是渴望已久的烟，而是水。这个突如其来给了小金宝极其致命的感受。她猝不及防，一口喷了出来，在我的头顶布满一层水雾。

那时候我真是太小了，总是弄不清楚隔壁这户人家的门面怎么老是开得这么晚。长大了才明白，他们是吃阴饭的，为了街坊邻居的吉利，开门总是拖晚，打烊则又是抢早，这样一来生意好像就少做了，别人在这个世上也就能多活几天了。老实人总是有一些好愿望，这些愿望其实一点用处都没有，但他们就是不肯放弃，一年又一年守着这些没用的愿望。这是老实人的可爱处，也是老实人的可怜处。

槐根要还活着，今年也是快七十的人了。槐根这孩子，命薄，在这个世上总共才活了十五年。小金宝要是不到断桥镇上去，槐根今年也是快七十岁的人了。小金宝一去槐根什么也不是了，成了夭命鬼了。小金宝的命真是太硬，走到哪里克到哪里。走到哪里大上海的祸水淌到哪里。你说十五岁的槐根能犯什么事？就是赔进去了。他的瘸子阿爸金山和他的阿妈桂香现在肯定下世了，不知道他们在九泉之下是不是还经常提起小金宝，我倒是说句公道话，槐根的死真的不能怨小金宝。好在我也七十岁的人了，到那个世界上也没几天了，我要是能见到槐根，我会对他说，真正杀你的人其实谁也不是，是你槐根从来没见过的大上海。你没有惹过大上海，但大上海撞上你了，它要你的命，你说你还能不给吗？

我出门给小金宝买布时槐根正在开门。他的手脚看上去很熟练。他把门板一块一块卸下来，再在两条长凳子上把门板一块一块铺好。他的阿爸金山坐在内口的木墩子上面，是个瘸子，低了头用篾刀劈竹篾。槐根从屋里把一些东西往木板上搬，一会儿就铺满了炷香、纸花、白蜡、哭丧棒。槐根的阿妈桂香从屋里走了出来，手里拿了一面白幌，桂香的身边跟出一男一女两个孩子，桂香伸手插白幌时我吃惊地发现，桂香的肚子腆出来了，早就怀了好几个月的身孕。槐根放好东西之后两只眼不停地打量我，可我只看了他一眼，他家里的一切太招眼了，墙上挂满了寿衣、花圈、麻带、丧服、白纸马、新纸公鸡、成串的锡箔元宝。门前的白幌子上也有一个黑色的圈，里头端端正正一个黑楷字：寿。那个字太呆板了，像一具尸。这些丧葬用品把槐根的家弄得既色彩缤纷又充满阴气。槐根站在这些东西的前面，显得极为浮动，很不结实，有一种梦一样的不祥氛围。槐根的瘦削身体被那种气氛托起来了，凸了出来，呈现出走尸性质，我一清早就从他的身上闻到了一股浓郁的丧纸与香火气，这无论如何不是一个好兆头。

我替小金宝买好蓝底子白花粗布，走到裁缝店的门前。我站在街心并没有留意注视我的人们。我望了望手里的布显得有点犹豫，只站了一会儿我回头离开了。我决定让寿衣店的桂香为小金宝做一身丧衣。这是一个重大的决定，我站到了寿衣店门口，桂香正拿着一只大篾刀破茅竹。桂香在茅竹的端头对称地砍下裂口，然后把篾刀插进缝隙，提起来，用力砸上了石门槛。茅竹断节和开裂的声音痛快淋漓又丧心病狂。满街顿时炸开了丧竹的一串脆响。

我站在一边，顿时就把她手里的竹子与花圈联想在一起。我走到她的面前，把布料送过去，桂香用衣袖擦汗时开始打量面前的陌生男孩。她在身上擦完手习惯性地接过了布料。"——是谁？"桂香问，我侧过脸望一眼小金宝的小阁楼。桂香忙说："我就来。"

我带领桂香上楼时小金宝正在床上吸烟，她的酒碗放在马桶盖上。屋子里全是烟霭。小金宝反反复复地练习吹火技术。她学得不错，火捻已吹得极好了，烟吸得也流畅，呼噜呼噜的，像老人得了哮喘。

桂香一上楼立即看见一个活人，脸上为难了，但她的表情让小金宝忽视了。桂香站住脚，说："我裁的可不是这种衣裳，我专门裁……"小金宝没听懂她的意思，只是看着她的肚子，小金宝打断她的话，说："我知道你不会裁这样的衣裳，随你怎么弄，把东西盖上就行了。"桂香看了一眼我，我却望着地板，一脸事不关己的样。小金宝下了床，桂香只得走上来，给小金宝量尺寸。桂香给小金宝量身体时从脖子上取下的却是一根细麻绳，这个至关要紧的细节让小金宝忽略了，她正吸着水烟，望着我自鸣得意。

不远处传来了铁匠铺的锤打声，金属的悠扬尾音昭示了水乡小镇的日常幽静。午后的阳光照在石板上，一半是阴影一半是阳光。桂香坐在南门水边为小金宝缝衣，针线在蓝色粗布上飞速穿梭。她的手指精巧灵动，针线充满了女性弹力。

槐根在这个午后坐在石门槛上扎纸马，他的纸马用竹篾做成了筋骨，槐根的手艺不错。他扎的纸马有点模样，白色，是在阴世里驰骋的那种样子，鬼里鬼气的。小金宝中午喝足了酒，又吸了好久的水烟，正在床上安安稳稳地午眠。我一直陪阿牛坐在北门的门口，无聊孤寂而又无精打采。槐根在扎纸马的过程中不时地瞅我几眼，对我很不放心的模样。我移到他的面前，等待机会和他说话。

"你是谁呀？"槐根终于这样说。

"我是臭蛋。"

"你怎么叫这个名字？"

"我可是唐臭蛋！"

"不还是臭蛋？"

"这可不一样。在上海，就算你是只老鼠，只要姓了唐，猫见了你也要喊声叔。"

"你是大上海的人？"

我点点头。我把大上海弄得又平静又体面。

"上海人都吃什么？"

"要看什么人。有钱人每天都吃二斤豆腐，吃完了就上床。"

"大上海的楼高不高？"

"高，可在我们老爷眼里，它们都是孙子——下雨了的时候上半截是潮的，下半截是干的。"

"是怎么弄那么高的？"

"有钱就行了，有了钱大楼自己一天两天长高了。"

"那么多钱，哪里来？"

"你喜欢钱，钱就喜欢你，只要你听上海的话，钱就听你的话。"

"你喜不喜欢大上海？"

我没有料到槐根会问这个，一时不知道怎么回答。我有些茫然。我想了想，城府很深地说："上海的饭碗太烫手。"

槐根释然一笑，说："你冷一冷再吃嘛。"

我有些瞧不起地看了他一眼，脸上挂上了走过码头的世故老到。"你不懂，"我忧郁地说，"这个你还不懂，你是不会懂得上海的。"我这么说着伤起了神来，叹了口气，愣在那儿回忆起上海。"等我有了钱，我就回家，开个豆腐店。"

槐根放下纸马，有些失望地说："你不是大上海人？"

我醒过来，不屑一顾地说："我怎么不是上海人？我哪一句说的不是大上海的话？"

槐根听着我的话有些摸不着头绪，说："我一点也没听懂你说的是什么。"

"你当然听不懂，"我说，"我说的事情自己也没有弄明白。"

我这么说着侧过了脑袋，我和桂香不期而然地看了一眼。桂香停下手里的活，一直在和我对视，好在金山对我没兴趣，他拖了一条瘸腿只是专心地折纸钱。他没有让槐根折纸钱而让他做纸马，一眼就能看出金山的心思——他想让槐根子承父业呢。

桂香避开我的目光低了脑袋缝制衣裳了，但她立即抬起头，顺手拿起手边的篾尺，在凳子上敲了一下，槐根听到尺子的告诫声，立即把手里的纸马人捡起来了。

桂香从小阁楼上领下一位水乡村姑。一身粗布衣裤,红鞋。裤管和袖管都短,露出小半条小腿与小半截胳膊。袖管呈喇叭状,遮住了腋下的布质纽扣,是上锅下厨的模样,长发辫挂在后脑勺,利索爽净却又充满倦态。

桂香把这位水乡村姑领到了大水缸旁边,掀开了水缸盖。小金宝从一汪清水下面看到了自己正经八百的村姑形象。两个看守正在吸烟,他们用了很大气力与很长时间才识出了那个风骚臭娘儿们。他们不相信自己的眼睛。他们相互看了一眼没能弄清发生了什么。"他妈的,我总算看见妖怪了,"阿牛晃了晃脑袋自语说,"一眨眼她就换了一个人。"小金宝没理他,小金宝在水镜子面前左右摆弄自己的腰肢。她的脸色极苍白,有一种病态疲乏。但她对这身行头显然十分满意。桂香正用一种惊异的目光盯着她,小金宝沉在水底一眼瞟见了桂香的这种目光,有点张狂得意,她用一只巴掌搅乱水面,结束了这次意外对视。

"臭蛋!"小金宝大声说,"臭蛋!"我从门里忙冲了进来,我的双手撑在门框上,望着面目全非的小金宝脸上布上了片刻疑惑。我对四周迅速打量了一遍,说:"老爷来了?"

小金宝走到我的面前,脸沉了下来。小金宝冷笑一声说:"才跟我几天,就学得这么贱?"

小金宝从屋里出来了。

小金宝在石板路上的款款步态引起了小镇的八方好奇。正是落午时分,西天的晚霞分外晴朗。高处的墙垛抹了不规则的余晖。路面的石板和两边的旧木板相映出一种极和谐的灰褐色,陈旧衰败又自得其乐。石头与木板构成了水乡历史,有一种永垂不朽的麻木。石头与木板过于干燥,和小镇人一样显得营养不良、劳累过度,缺少应有的滋润。小金宝的步态又安闲又风骚,在小镇的石街上有一种无限醒目的都市遗韵。大街安静了,如夜一样安静,如街两边的好奇目光那般默默无语。我跟在小金宝的身边,甚至能听见鞋底下面最细微的脚步。街两边的目光让我不自在,但小金宝极从容。她目空一切,视而不见,她对众目睽睽众星捧月表现出超乎寻常的心安理得。我极其不安,抓耳挠腮,东张西望,我注意到阿牛正在不远处注视我们的行踪。路上的行人都停下脚步了,他们站到了屋檐下面,目送陌生女人。铺子里的手艺人都保持了他们的职业静态,接受小金宝检阅。小金宝不大的脚步声震撼了整个水乡世界,在多年之后人们还记得这个精彩一幕。

那个老头打了赤膊坐在石桥头的一块阴凉下面。他老得几乎看不出岁数了,脸上的皱纹如古董瓷器绽开了网状裂痕。他的眉毛和胡子一样灰白,秋草一样长长地挂在那儿。他望着小金宝,茸毛一样绵软慈爱地笑起来了,嘴里没有一颗牙。小金宝走上去,静立了一会儿,也笑起来,伸出手就捋把他的白胡须。小金宝说:"你多大了?"老头伸出一只巴掌,说:"还差五年一百岁。"这时候走过来一个五十开外的老头,他的短裤上打了许多补丁,正端着一只碗向这边走来。那只碗又破又旧又脏,里头盛了干净的开水。白胡子老头兴致极好,似乎意犹未尽,指着端水的老头笑眯眯地说:"他是我孙子。"孙子同样一脸宁和,他走上来,用一只铜调羹给爷爷慢悠悠地喂水。两个老头动作默契、幽然恬静,在旧石块与旧木板之间互映出一种人生极致,弥漫出时间芬芳,余晖一样飘满小巷。小金宝望着这幅喂水的画面,她很突然地背过了身去,她的目光向北越过了小阁楼的楼顶,楼顶上是一座小山,被夕阳照得郁郁葱葱。草丛里藏着许多坟,时间一样冥然无息。

回到家门口桂香正坐在石门槛上扎花圈。她的小孩趴着她的后背,没有目的地乱啃。桂香抬头看见了小金宝,桂香很客气地笑起来,说:"到屋里坐坐吧?"小金宝没有答腔。小金宝以为她家死了什么人,但看桂香的脸上又不像。小金宝极不放心地往前走几步。小金宝往前走动时我预感到了危险,十分警惕地跫到了屋檐下面,咬紧一只指头盯住小金宝的背影。小金宝站在桂香的门口,只看了一眼心里就全明白了,我找来的裁缝竟然是给死人做寿衣的女人!

小金宝的脸上霎时间下满了一层霜,刮起了冥世阴风。我从没有见过小金宝受过这样的灵魂打击。小金宝回过头望了我一眼,我的心里一下子就吃了十块冰淇淋。小金宝操起桂香家门槛旁的一只扫帚,疯猫那样向我扑过来。我老鼠一样机敏,蹿过堂屋,身体划了一条漂亮弧线,从南门槛上一头跃入了小河。桂香立即就猜到了小金宝的心思,过去双手抱紧了小金宝。我从水下冒出脑袋,用手抹一把脸,笑得又坏又毒。小金宝气急败坏了,但又无奈,眼里沁出一层泪。"你敢作践我!"小金宝气疯了,嗓子打了颤。小金宝挣开桂香转过身,一扫帚就反砸了过来,她把所有的委屈仇恨与恼羞成怒全部泼向了桂香。"丧门星！夹不住腿根的货！"

　　我是从桂香家的石码头上岸的。桂香正对着她的男人金山流泪。"我给人欺侮，你连屁都不敢放一个，没见过你这样的男人！"金山坐在木墩子上，手里机械地弄着竹篾。金山嘟囔说："也骂不死人。"桂香低了头说："我还不如做个寡妇。"金山停下手里的活，好半天不动，突然歪着脖子大声说："我死，让你做个寡妇好了！"桂香再也不敢抱怨，只是不住地抹泪。槐根站在一边，他的大而秀气的双眼闪耀着女孩子才有的悲伤光彩。他站在角落，和他的几个弟妹一起望着他的爸妈吵架。我一身的水，站在桂香的身后不知所措。这样的结局我始料不及。恶女人总是这样，你对她凶，她总能顺理成章地把灾难引向别人。金山看见了我，用滞钝的目光打量我。桂香转过身后用一种严重的神情和我对视。桂香走到我的面前，盯着我，只一会儿泪水无声地涌了上来。"我怎么惹你了？"桂香说，"你这样捉弄我，我到底怎么惹你了，你们合起伙来这样捉弄我！"

　　我望着桂香的眼睛，内心升起一股内疚，伤心往上涌。我拿起桂香的那把尺子从石街上绕回自己的家门。小金宝正坐在楼梯口，双手托着下巴生闷气。我冲到小金宝面前，用尺子在自己的大腿上猛抽一把，随即扬起尺，在另一条大腿上又抽了一把。我只想骂人，可又不知道骂什么，我学着小金宝刚才骂人的话大声说："丧门星，你才是夹不住腿根的货！你就是夹不住腿根的货！别以为我不知道！"

　　阿牛在一边抽着烟，不急不慢地说："一会儿工夫，碰上了两个夹不住的货,不错。话里头有意思。"

其实我这样骂只不过是小儿学舌,仅仅是骂人罢了。但在后来的岁月里,我追记起了这段话,我才知道这几句话对小金宝实在是致命的,这句话里隐藏了小金宝的短处和疼处。是小金宝最为脆弱、最容易遭到毁坏的敏感区。小金宝第二天的逃跑我觉得正是由我的这句话引发开来的。我这样说她不是无中生有。我在后来的岁月里一直没有忘记她当时的表情,她在受到我的大骂之后是反常的,对这个我历历在目。

小金宝站起身时像一只母狮子,她抡起了巴掌就举过了头顶,但没有抽下来。小金宝放下胳膊后由一只母狮子变成了一只落水狗。她的眼直了,是吓破了胆才会出现的直眼,她用这双直眼对着我剧烈起伏的潮湿腹部视而不见,却没敢看我的眼睛。小金宝失神地挂下了下巴。她转身上楼去了,有一脚竟踩空了,她的上楼模样是丢了魂的模样。阿牛望着阿贵说:"上海有意思。"

我躺在阁楼的梯口,大腿上两道伤痕火辣辣地钻心。我没有去做晚饭,就那样躺在阁楼的梯口,黑夜开始降临了。

烛光极黯淡。小金宝坐在床上吸了两口水烟,又放下了。她显得孤独烦闷又神不守舍。"你就是腿根夹不住,别以为我不知道!"这是一个晴空霹雳。她开始盘算老爷安排她到乡下的真正目的。小金宝望着我,我横在那儿,几乎没有靠近的可能。烛光下面小金宝看到了命运,它横在楼梯口,时刻都有可能站起毛茸茸的黑色身影。她决定逃。这个念头来势生猛,在黑夜里头汹涌澎湃。

小金宝从北窗里伸出头，这个垂直的木板墙面几乎没有任何落脚地。南墙更陡绝，有一半是伸到半空的，下面就是河水。小金宝摸着黑往楼下摸去，她蹑手蹑脚伸头伸脑，像一只鸡。南门锁上了，挂了一只铁锁，北门同样锁上了，挂了另一只铁锁。堆柴火的小偏房突然传出一声咳嗽，是警告性的一声咳嗽。小金宝立住脚，小偏房里头没声音了，过了一刻却又传出了半哼半唱的歌声。"姑娘长得漂漂的，两个奶头翘翘的，有心上去摸一摸，心口里头跳跳的！"小金宝知道看守已经发现她了，走上去，咚地就一脚，里头和外头全死寂了，只听见隔壁人家的纺纱声。

小金宝这时想起了桂香。这个天才想法让她产生了绝处逢生的感觉。小金宝这一回正经八百地走到小偏房门口，敲响了门，阿贵走了出来。阿贵嘟囔说："干什么，你又要干什么？"小金宝在漆黑里头正色道："下午我打了人家，我要去赔个不是。"阿贵鼻头里哼了一声，说："你可别耍花招。"小金宝说："这么黑，我还能到哪里去？"阿贵又想了想，从腰间拿下钥匙，说："你总算有了点人样。"

小金宝站在桂香家门口，身后头站着阿贵，桂香屋里头的灯还没有熄。小金宝想了想，开始敲门。里头问："谁？"小金宝说："我。"桂香端着小油灯过来开门，刚开了门小金宝的手就插在了门缝里，桂香想掩门也来不及了。就在桂香愣神的工夫小金宝早就挤进来了。桂香说："有什么事，我手里忙着呢。"小金宝说："你在做什么？我帮你。"桂香便不吱声，小金宝一把捂住桂香的手，说："我都上床了，可怎么也睡不着,我光顾了出气,有没有伤着你的身子?"金山坐在木墩子上仰着头望着小金宝,还没等桂香发话心里头早软下去了。金山挪过一张小竹椅,碰了碰小金宝的腿,让她坐。

风尘女人时常都有优秀直觉。依照直觉小金宝认定这里是她逃出虎口的最佳处所。她的眼睛朝四周紧张地侦察,墙上挂着花圈寿衣和哭丧服。

屋外响起了火柴的擦划声。小金宝听得出那是阿贵在门外抽烟。

槐根也没睡,在一盏小油灯下面织网。桂香的脸被那盏油灯照出一层浮光,不像是有身孕的人脸上应有的光彩,反而类似于寡妇们最常见的倦怠颜色。这层青光渲染了槐根,使他的脸上同样笼罩了浓郁隐晦,与他的少年身份极不相称。金山一直蹲在地上,在角落里黑咕隆咚,张着嘴,如一只破水缸。

桂香拉着一张脸,坐下来接过了槐根手里的活,捽了捽槐根,让他去睡。

小金宝望着槐根的背影,立即找到了话题:"相公今年多大了。"

桂香没好气地说:"脸皮厚,谁能看出他多大。"

小金宝装着没听懂桂香的话,却把头转向金山了。

"十五了……"金山老老实实地说。

小金宝即刻调整了说话的对象,转过身对金山说:"大哥真是宰相肚里能撑船,一看就是个面善的人。一天到晚忙,累不累?"

金山望了望桂香。桂香把手里的丝线拉得嘣嘣直响。

桂香站起来，顺手拿起一件上衣，对金山说："澡都洗了，你怎么衣裳也不换！"

金山不明白桂香想干什么，想说话，可又不敢。金山扒了上衣，不明不白地换了件衣裳。

桂香又扔过来一件短裤，关照说："把裤子也换了！"

金山提着裤子，依然没有明白桂香的意思，为难地望着小金宝，只是不动。

小金宝堆上笑，大度地说："今天实在得罪了，我明天再来。"

小金宝目光对上了桂香的虎视眈眈。桂香现在是小金宝内心中最为重要的部分。这个本分的女人现在是她的一道槛。小金宝坐在门前，望着忙出忙进的桂香，她必须跨过这道槛。

正午时分小镇上安静了，不少老人与马桶一起坐在屋檐下打瞌睡。桂香坐在石门槛旁扎花圈的内框。她的手脚极利索。她的最小的儿子翘着一对光屁股蛋专心地啃大拇指头。小金宝伸出头看见她们母子，回头拿了两只烧饼，从矮脚的腿上跨过去，蹲到了小男孩的身旁。小金宝把烧饼塞到小男孩的嘴边，在他的屁股上拍了一巴掌，偷看过桂香，她的脸还绷着。小金宝有节奏地轻拍着小男孩的屁股，说："姨娘让小畜生气糊涂了，得罪了你阿妈，你恨不恨姨娘？你恨不恨姨娘？"小男孩张开嘴，天真烂漫只会呆笑。小金宝回过身，说："喂！还生我气哪？"桂香依旧低着头，但小金宝敏锐地发现桂香的眼角嘴角全松动了，桂香一时也不知道该说些什么。小金宝呼地就站起身，说："人家给你赔了这么多笑脸，怎么尽挨上你的冷屁股？"桂香抬起头，小金宝却泪汪汪了。桂香的心窝软了，热乎了。"——你才是冷屁股！"脸上虽说没开花，意思却全有了。两个女人侧过脸，极不好意思地笑开了。小金宝重又蹲下来，抚着桂香的胸脯，问："没伤着你吧？"桂香斜了小金宝一眼，说："我又不是人家，像两块嫩豆腐，哪能就伤着了？"小金宝一把抱过了小男孩，把他放到腿上，咬着牙又轻打了一顿小屁股。"你瞧你妈的嘴，你瞧你妈的嘴。"

第 七 章

一

时机一成熟小金宝决定立即行动，就在大白天。阿贵和阿牛坐在石门槛的阴凉下面哼小曲。谁也料不到小金宝能在他们的鼻子底下顺利地逃离。小金宝逃跑的前后没有任何迹象，谁都想不到她会在中午的大太阳下逃跑成功。

小金宝的成功努力终于使桂香成了打发孤寂的最好伙伴，一对孤寂的夫妇和一个沦落异乡的客人极容易做成朋友。他们有唠叨不完的家常絮语。他们坐在一起，做着杂活聊聊家常，构成了桂香家里的温馨画面。这样的画面是宁静的。这样的画面当然带有浓郁的欺骗性质，两个看守终于认定小金宝能够"安下心"来了。

聪明人总是选择最日常的状态蓄发阴谋。这是阴谋得以实现的必要前提。

小金宝折着纸钱，她故意坐在看守们能看得见的地方，策划着她的逃跑大计。

那个通向北山的小石巷是小金宝很意外发现的,只有一人宽,就在门的斜对面。小金宝看见两个男人从一道墙缝隙里拱了出来,挎着竹篮,很不经意地问了一句:"那里有条路吧?"金山头都没抬,说:"是上山的路。"小金宝也低了头,用刚才聊天的语气随便说:"山上都有些什么?"这一回却是桂香接了话说:"全是坟,我们做的东西,全要烂在山上头。"

我和槐根坐在水边。我们有我们的话题。水里放了一张笱,过一些时候就要扳上来一两个鱼虾。我喜欢这样的下午,差不多像我们家乡了。

小金宝突然低声说:"今天初几了?"桂香抬头看了一眼墙上的黄历,说:"十一了。"小金宝听了这话脸上弄出了一大堆伤心,她打了个愣,小金宝低声自语说:"我怎么把日子弄忘了?"桂香悄声问:"怎么了?"小金宝抬着头望着远处,低声说:"今天是我阿妈忌日,我怎么就忘了?"小金宝说完话一个人独自伤心了,叹了口气,低着头再也不语。

小金宝瞥了看守一眼,一切都很平常。

机会终于让小金宝等来了。两个五十多岁的老太婆走到桂香家门口,她们站在门口挑选香烛。小金宝从两个老太婆的人缝里偷看了一眼看守,阿牛只抬了一下头,若无其事地低下去了。小金宝站起来,心里沉重地在桂香的耳边耳语了几句,桂香点了点脑袋。桂香拿起一只小竹篮搁上香火蜡烛和一刀草纸,看见小金宝从墙上取下哭丧衣裹在了身上。桂香把小竹篮递到小金宝手上时还帮小金宝整了整丧帽。小金宝一脸悲痛,低声说:"你真是个好人,我去去就来。"小金宝就这样挎着竹篮从容镇定地跨出了门槛。小金宝就这样从两个看守的鼻尖下面越过了石巷,踏上了上山的道路。我这时正扳上了两只大虾,高兴地让槐根看。

小石巷又窄又长,弯弯曲曲通往山冈。那个奔丧的女人拾级而上,爬得孤寂而又忧伤。小石巷刚拐弯一片山腰就呈现在小金宝的眼前了。小金宝往后看一眼,扔了手里的小竹篮只愣了一下就撒腿狂跑。小金宝钻进了树林,树林里布满坟堆。小金宝一边脱丧衣一边大口喘气。她几次想停下来几次又重新打起精神。她在荒山之上如一只受伤母兽慌不择路。她的胸中展开了一片自由天空,无限碧蓝等待她展翅高飞。

我发现小金宝失踪是在抓到一只乌龟之后。这只落网小龟只有酒杯那么大。我把龟抓在手背上,它的四只小脚在手中划动给了我回家的幸福感觉。我回过头,这个回头动作要了我的命。我刚抓了一只小龟那只母老虎就不见了。那只小竹椅空在那里,给了我无比强烈的空洞错觉。我走到石门槛,四下张望了一趟就冲上了小金宝的小阁楼。楼空着,我重新回到堂屋时两个看守早已站了起来,他们的表情说明了事情的严重程度。阿贵对我说:"人呢?"阿贵转过头对桂香大声吼叫:"人呢?"桂香弄不懂他们为什么这样,抽了筋似的。桂香用手斜指了小石巷,嘴里没有说出话来。阿贵站在小石巷口看见了幽幽而上的狭长石道。他的脸上吹起了坟山阴风,仿佛夜鬼敲门了,两眼布满晦气。阿贵冲到山坡,他捡起了那只小竹篮。张了嘴回头看阿牛时就坍下来了。阿贵坐在地上那口长气陷入了丹田,再也没能接得上来。"狐狸精。"他说,"她是个狐狸精。"

逃到大河边太阳已偏西。小金宝站在河边惊魂未定,她的头上汗迹纵横,粗布衣裤上留下了她在山坡上的滚动痕迹。小金宝张开嘴喘息,胳膊腿再也抽不出一丝气力。河面刚驶过去一条纤船,五六个纤夫弓着背在石河岸上默然前行。他们的背脊又油又亮,肌肉的不规则运动不停地变幻反光角度,放射出锐利的闪烁。

小金宝一路高叫"大哥"一路踉跄而去。纤夫们直起身,看见一个周正的女子冲着他们呼啸而来。小金宝扑进一位纤夫的怀抱早就大泪滂沱。小金宝甚至没有看清纤夫的长相就开始了血泪申诉:"大哥,救救我,我阿爸又赌钱了,上个月他才输掉三间瓦屋,这个月又把我阿妈陪嫁时的一只如意给卖了。千刀杀的阿爸他前天又上了桌子了,他一个出冲就把我典了出去,我可是村东阿祥的人,都收了聘礼了,我明年开了春就要嫁过去,我死也不能把自己典出去。你们救救我,滴水恩涌泉报,求你们救救我,我来世当牛做马再报还……"

纤夫里走出一位长者。他对着大船招招手,大船缓缓靠了过来。一个不满二十岁的光头摸着头皮对小金宝笑了笑,说:"七仙女!"长者给了他一巴掌。

大船靠岸后船帮上伸过来一只跳板,长者扶小金宝上了货船,几个纤夫站在岸边对着小金宝只是傻看,长者回过头,眼睛上了点力气。几个纤夫一起低下头无奈地上路了。

长者用拳头给小金宝开了一只黄金瓜,小金宝接过来就啃,吃得穷凶极恶。小金宝猛吃一气后对岸边抬起了头,脸上露出了胜利微笑。小金宝狗那样舔过舌头，放心了，自由的喜悦走遍全身。天上飞过一群鸟，它们在蓝天上气度雍容，懒散无序恣意飞翔。

"你阿爸是谁？"长者问。

"开油坊的张万顺。"小金宝顺口说。

"张万顺？"长者念叨着这个名字，一时想不起来。长者点上旱烟，关切地说："姑娘不是断桥镇人吧？"

小金宝一时找不出话来了，她自己也弄不清"张万顺"是不是"断桥镇人"。小金宝望着船板上的一只葫芦，对长者突然一个傻笑，这个笑容来得快去得快，尴尬中有一种恶作剧后的快慰。长者问："姑娘到底是哪个村子的？"

小金宝随手指了指，脸上的笑容掉进了水里，极不自在地说："那儿，就那儿。"

"你娘家到底在哪儿？"

小金宝放下手里的黄金瓜，不语了。

"你阿爸是哪一个？"

小金宝望着长者，目光中流出了青藤断裂后液汁的光芒。

"你是谁，你到底是谁？"

小金宝的脸上起风了，乱云开始飞渡。

"你到底要上哪儿？"

小金宝就在这时伤心起来，自己的身世怎么就这么经不起问，想说个谎都说不圆。"我到底要到哪里去？"

"姑娘，你要到哪里去？"

眼泪在这个时刻爬上了小金宝的眼眶。蜗牛那样吃力缓慢却又固执悲伤地爬上了眼眶。夏日午后被她的泪眼弄得凄婉缤纷，一副没深没浅。她的千古悲伤没有声音，在胸中宁静孤寂地奔腾汹涌。天上的太阳支离了，碎成千闪万烁。河水绿绿地流，一水碧无情。"大哥，送我上去。"小金宝终于这样平静地说。

我可以肯定，小金宝这次成功的逃跑是她一生中最大的灾难。这一点从她重新返回断桥镇可以得到明证。纤夫的问话要了小金宝的命。小金宝最终发现自己经不住拷问。这样的中气不足实在是一种大不幸。我猜想小金宝在纤夫问话的过程里把大上海放在脑子里全盘算过了。她匆匆从阿贵阿牛的看守中逃脱出来，是去找老爷，还是找宋约翰？这个答案非常残酷。小金宝说了半辈子的谎，谁也不和她当真，她的谎也就八面玲珑了，一旦有人拿她的谎话当真，小金宝的可怜相立即就显出来。这也是命。我一直没有弄清楚小金宝对上海滩、对虎头帮到底明白多少，但她没有逃跑，一个人重新回到断桥镇，说明她对上海滩没有半点把握。我可以有把握地说，小金宝真正地往下坡走就是从那一刻开始的。

小金宝站在河岸目送纤船驶向远处。他们的油背脊后面飘起了欢愉的号子，号子没有字，尽是些男性吼叫，水乡大地充满了优美蛮荒，太阳已黄昏了，像一只蛋黄，扁扁地一晃一晃，在天地之间岌岌可危。那只夕阳与小金宝一样无力，轻轻一戳立即就会淌得一地。彤云却极热烈，浓浓地积了一块又一块，预示着一场大雨。彤云的预言模样露出了一种潜性狰狞。

我被阿贵、阿牛反捆在楼梯的扶手上，两个看守煞有介事一前一后坐在门前。他们面色严峻，忧心忡忡。他们叼着旱烟默然不语。我的面颊有两道泪痕，我想起了豆腐房。我的豆腐房之梦永永远远地破灭了。那个该死的狐狸精女人毫不费力地断送了我的一生。

三个人都没有吃晚饭。灶台冷冷静静。小金宝的突然逃脱使三个人顿然各怀鬼胎。我们的眼睛说明了这一点。

白蜡烛照耀着三副不同的面孔。这个三角形里许多复杂的心思已成了内心活动，彼此不语，心照不宣。我从他们的目光里已猜定他们的恶毒主意：把自己送给老爷，再往自己的身上推个干净。

我决定逃。但我的计划尚未实施，该死的阿牛就已经抢先一步。他们把我捆得很死，捆死之后阿牛照我的脸上就是一个耳光。我感觉得到左腮上的巴掌形红肿。我透过烛光交叉着两个看守的眼睛。他们的眼睛凸出来了，这样的眼睛历来标志着大祸临头。

小金宝的突然出现有点像梦。她在烛光中平静安详的步态具有强烈的梦魇性质。她满面倦容，似大病初愈。三个人既没有大喜过望也没有惊心动魄表明了一种梦游状态。小金宝脸上的丧葬气息是极为典型的梦的颜色。小金宝一声不吭走到梯口，无力地给我松绑，弄了半天没有解开。阿贵走上去给她帮忙。我松开后很自然地摸一摸挨打的腮帮。小金宝伸出手，抚住我脸上的红肿伤痕，随即回过身给了阿贵一个耳光。这个耳光一定耗尽了小金宝的全身力气，在小镇的夜空骇世惊俗，亮得出奇。这个耳光使三个人如梦方醒。小金宝打完耳光扶着梯把手喘了一刻气，吃力地上了楼去。阿贵捂着脸，顺手就抽了阿牛一嘴巴，大声说："你她妈给我还回来。"

小金宝一上床就听见楼板下咣两下关门声，随后是大铁锁的合闩声。小楼给封死了，密不透风。

小镇之夜随小金宝的上床彻底安稳了。她睁着眼，眼睛的上方空阔如风。我则躺在自己的地方，阁楼里风静浪止。我们都睁着眼，眼里装满了小镇之夜，如沉在水底的星星，隔着水面仰望夜的颜色。

夜空响起了雷声，听上去极远，响得也非常吃力。小金宝撑起上身，气喘吁吁地说："臭蛋，给我舀碗水。"她的声调里有了孤零无助的祈求色彩。我给她送了一碗水。我递过碗时脑子里追忆的却是初到上海的那个倒霉之夜。小金宝接过碗，嗓子里响起了液体下咽的咕噜声，听上去令人心碎。小金宝把空碗递过来，喘着大气说："再给我舀一碗。"

一道雪亮的闪电就在这时撕开了小镇夜空，拉出了八百里缺口。闪电尖利无比刺进了阁楼，它们弯曲的身体在红木雕花上蛇一样飞速抽动。我正伸出手接过小金宝手里的碗，闪电就亮了。我们在闪电中对视。我们从对方的眼里看见了两道晶体光芒，蓝幽幽地拐弯跳跃并拼命挣扎。碗掉下来了，在红木床沿碎成一种死亡话语。巨雷说炸就炸，离头顶只有一扁担。速度之快不及掩耳。夜空立即炸开了无数黑色窟窿。小金宝尖叫一声，一头扑进了我的怀中。我慌乱的胸口体验到了更为慌乱的疾速起伏。我们拥成一团，又一道雪亮的闪电鞭子那样抽进来，在我们的背脊留下了疯狂拷打。

雷电对小镇发动了猛攻。它们猛轰滥炸。

下雨了。

我依靠听觉知道是一场大暴雨。雨脚在屋顶上飞奔。闪电不时地从窗外往屋里冲，闪电的光亮放大了木板与木板之间的缝隙，使整个小楼处在一种危险的视觉之中。雨夜放大了我的听觉，小金宝的心脏紧贴着我的耳朵响起杂乱的轰响。她和我这样近，这是我猝不及防的全新感受。在这场恐怖的大雨之夜我渐渐平静了，我的眼睛和耳朵慢慢失去了作用，最后敏锐起来的是我的鼻子，我从小金宝的身上闻到了一股无限奇异的气味。这股气味分离了小金宝，在我的心中形成了一个小金宝与另一个小金宝。小金宝无力地放下我，倒在枕上。我立在一边，仔细详尽地回味刚才的事情。外面的雨声又大了，刚才的一切又成了一个梦。

小金宝的这次卧床持续了三天，她不再看我，不吃我端上来的任何饭菜，甚至不喝我送过来的水。小金宝的床沿放上了大小碗只，马桶盖上是桂香送来的咸鱼。三天里大雨如注，小镇上空整日弥漫灰色雨雾。山上飘下来极厚的土味，混杂着棺材和铁钉的冥世气息。小金宝的眼睛只对着红木床顶视而不见。目光收不回来。我只得把碗撤了。阁楼里充满了夏日肉体的酸臭气味，小金宝的唇边长上一层白痂，她第一次开口说话时带了一阵浓恶腥臭。

第二天一早我听见镇东响起了敲击声。是木头敲击船帮的声音，响得极有节奏。我听到了遥远的嘈杂，但看不见人。我披了件蓑衣独自往镇东走去，大河边靠了一条木船，许多人在雨中乱哄哄地往上挤，一片鸡飞狗跳。我不知道大船要往哪里去，但我即刻就想起了自己去上海的那个凌晨，那天也飘着雨雾，我的失眠双眼在那个凌晨有点浮肿，被一群人夹上了船，就此踏上了天堂之路。我在大船离开码头时才向父母招手的，我记得当初浑身新鲜跃动的感觉，那是发财与长大的新奇感受，马上就要有大出息了。

　　我意外地在河边发现了槐根。槐根蹲在河岸，他的身后是那座石拱桥，石拱桥在夏雨中加深了颜色，石头们变得结实，石拱也愈加稳沉厚实了。

　　槐根也披了件蓑衣。他专注地望着那条大船，脸上被雨天笼罩了一层忧郁，是女人们才有的那种忧郁。我蹲到他的身边，同样是一脸的郁闷。槐根说："她吃饭了没有？"我没有说话，小金宝这样作践自己其实没有多少道理。我终日挂念的是她的气味，我弄不明白我怎么会那样迷醉于一个女人的气味。我岔开了话题，说："那边在干什么？"

　　槐根说："那边是大上海。"

　　我说："你胡说什么？"

　　槐根说："那是夜行船，上了夜行船的人都要成为上海人的。"

　　"你也想到上海，是不是？"

　　槐根的神情被我问得又清丽又哀怨，都不像他了。槐根望着远处说:"谁不想上大上海。我只是命不好,又不呆!"槐根望着驶向大上海的夜行船,脸上升起了伤心的太阳,放射出天堂光辉。我知道那颗太阳是槐根假想中的大上海,悬挂在槐根假想的高空,艳阳普照,光芒万丈。夏雨断断续续,一次又一次在水乡小镇浓涂艳抹。小镇的清晰度时高时低,一次又一次让雨雾遮住,远处的飞檐恍然若现,风姿绰约。桨棹在小河水面欸欸乃乃翩然飘动,却看不见人。

小金宝没有起床。她的双眼在雨天的沉默里变得又大又深,目光断了根,收不紧了,如秋季里的丧幡在凉风中柔软摇曳。桂香来看过两次,说了一屋子的温存话,但小金宝不为所动。我好几次甚至都以为她死了。我要用很长时间才能等到小金宝的一次眨眼。她眨眼也极慢,闭下去,过了很久又再睁开来。

天是在第三天下午突然开晴的。一开晴就是一颗好太阳,但红得有些走样,含了太多的水分。整个小镇也就带上了一层浅浅的水红色,阁楼的西墙都让这样的阳光弄得更旧了,越发增添了独有的风情。

桂香对小金宝的状况似乎着急了。她又一次问我,张嘴了没有?我坐在石门槛上,对着石板路上的水红色反光走神。我摇摇头,桂香说:"快劝她吃,再不吃小命就保不住了!"我傻着一张脸,带领桂香往楼上去,我们意外地发现小金宝已坐起了身子。她面色如蜡,乱发如麻,一双眼睁开两只黑洞,伴随着眼皮的一关一闭,寒风飕飕。桂香坐到小金宝身边,从头上取下梳子给小金宝料理。小金宝极虚弱地抢过梳子,说:

"我自己来。"小金宝刚梳了一把,梳齿上就带下来一把头发。小金宝用两只指头捏住头发,把头发从梳齿上取下来,仔细看一眼,掀开马桶盖丢了进去。小金宝抬起头,用秋风一样的眼风吹在我的脸上,小金宝低声对我说:"臭蛋,给我烧水,我要洗澡。"她说话的声音又冷又干,完全是上海时的调子。她一点都记不得那天夜里的事了。我愣在一边,希望她能想起来。小金宝冷冷地瞟了我一眼,说:"还不快去?"我走下楼,伤心了。女人都靠不住。她们身上好闻的气味来得快,去得更快。

我下楼时槐根正守候在门口。他的瘸腿阿爸金山伸长了脖子朝这边打量。由于职业的缘故,我总觉得他的目光里有一股子棺材的气味。槐根低声问:"吃饭了?"我点了点头,我注意到金山出了一口气。他真是的,自己的事烦不过来,偏偏还要烦小金宝的神。他一点也没有料到小金宝的身后带来的倒霉气味已经飘到自家的屋檐口了。金山整天做鬼的生意,靠死亡来养活自家,金山怎么也想不到真正的鬼与真正的死亡被小金宝从大上海引来了,离他们家只有一炷香那么远了。

我烧完水提着淘米篓买回了几只鸡蛋。是桂香叫我去买的。桂香说:"女人再虚,有两个鸡蛋就补上了。"我听不懂她的话,但听她的话总是不会错的。我提着淘米篓回到家时门板全拼上了。小金宝一准是在洗澡。阿贵和阿牛在门口相对而坐,但他们的脑袋是侧着的,眯着眼正对门缝偷看什么。我从他们挂着的下巴立即就知道发生了什么。我自己也不知道怎么弄的,一股极其巨大的怒火竟冲到脑门上来了。我走上台阶,立即听到了屋里的液体流动声。我从淘米箩里抓起一只鸡蛋,对准阿贵的头就砸了下去。阿牛不明白发生了什么,一转脸看见了阿贵满脸的蛋清蛋黄,正想笑,我抄起另一只蛋对着他的脑门又砸下去一个。

二

持续两天的夏雨使小镇的空气和石板路变得异样干净。阁楼的上空飞满红蜻蜓。它们半透明的橙红色翅膀是水乡小镇的一个独立季节。它们的飞行轨迹曲折多变,行踪不定。这样的复杂踪迹纷乱了小镇的蓝色上空。许多小孩聚集在石拱桥,他们欢呼雀跃,这样的场面渲染了小河里的乌篷船,它们往来穿梭,倒影里充盈了湿润自在的生活常规,岸上船里一问一答,家长里短偶杂着打情骂俏与七荤八素。说不出的天上人间。

小金宝坐在南门前,软塌塌地倚着门框,她的头发被桂香梳弄得很滑溜,完全是马脸女佣才有的手艺。梳头作为一种重要的仪式,在这种仪式过后小金宝远不如上海那样光彩照人。小金宝依在门旁,身上有一种金山的眼里才有的古怪成分。她看上去极虚弱,与眼前的世界似乎隔着一层冰。斜对面传来打铁的声音,听上去有点阴凉。

桂香抱着她的小儿走到河边,在石码头给小男孩洗澡。桂香的腰弯了几下,似乎有些不方便,金山光着背脊从屋子里挪出残腿,笑着说:"让我来。"河对岸码头上的女人大声说:"桂香,你怎么了,怎么身子都没金山利索了?"金山的巴掌在小孩的身上搓来搓去，只是笑。这时候河里驶过来几条小舢板，舢板上的一个老头笑着说："金山，桂香怎么又有了？"河对岸马上有人接过话，大声说："别看金山脚不行，别的还真管用。"两岸一阵笑，大伙全把目光集到这边来。金山的手上马上乱了，小男孩在巴掌里头也越发不听话了，一会儿工夫就大叫起来。金山拉下脸，说："不许哭！"孩子却不怕他，哭得更嘹亮。桂香从屋里蹿出来，一脸的羞，抡起巴掌在金山的光背上就是一下，这一下极生脆，在小河的波面上传得很远，金山的胳膊不知所措地比画了一通，直到看见桂香的眼睛狠戳了他一把，才又傻笑着挪开去。对岸说："是打在背脊上舒服还是抠在背脊上舒服？"对岸又是一阵放肆大笑。金山撑不住，一个人进屋子去了。桂香给儿子洗完头时对对岸笑着说："这么大的人，一点用都没有！"对岸说："你把他的背脊再弄疼一点，保管他有用！"大伙又笑，桂香也笑起来，哄着小孩故意把话题岔开了。

小金宝望着别人说笑，坐在那里两只眼睛又散光了。我看见薄薄的一层泪汪在她的眼里。她看了一会儿，就把脸掉了过来，想离开，又没处去，就闷着头一个人玩手上的戒指。小金宝就这样打发这段伤心时光。

接下来的另一个午后我是终生难忘的，在那个午后金山家正轰轰烈烈地修补他们家的漏屋。三天的大雨使金山家遭了水灾，我看得见屋里漏下来的雨水从他们家沿着码头流入小河。金山家修房子招来了四方邻居，这话应该这样说，桂香家修房子招来了四方邻居。街坊前后都晓得桂香要修破房子了，男男女女来了一大堆。他们来帮忙时不分大小一律叫桂香"嫂子"，我记得桂香答应别人也是那么平平常常地"唉"一声，好像不分长幼，桂香她一律是别人的嫂子，天底下的男女都是她家槐根的小叔或小姑。桂香腆着她的肚子进进出出，有点像戏台上的判官。

我记得小金宝望着忙碌的人们有气无力地对阿贵和阿牛说："怎么都是死人，就不能去帮着接接拿拿。"阿贵和阿牛相看了一眼，老大的不愿意。小金宝站起身，说："总不至于怕我再跑了吧？"小金宝半玩笑半命令地说："就算我请你们，可以了吧？"阿贵和阿牛相互看了一眼，嘟囔着出去了。

一切全部进入了正常格局。我说那个下午令我难以忘怀，有一半是冲着这个说的。另一半就不是了。就在这样的下午虎头帮的人悄悄来到断桥镇了。那个人长了一张刀把脸，我在唐府里头见过一面。他来到小镇上是一个不祥的征兆。这只能说明一件事：大上海毛茸茸的手指头从遥远的上海又一次伸到我们的身边了。

我看见刀把脸完全是一次意外，要是我不去和稀泥，要是我不到小河里去洗澡，要是我不扎那个猛子，这些事我就永远不会知道了。但我就是和稀泥了，下河洗澡了，扎了一个猛子了。

我是自己抢着去和稀泥的。那个铁匠为桂香从后山背下了土块。这是一个不祥的征兆。那些专门堆坟墓的土块是埋死人的，怎么能修房子？我把土块在石板街上围成一个圆，光着脚丫站在土圆圈中间。槐根拎来水，一桶又一桶浇到我的脚上去，我硬是用脚把土块踩成了稀泥。我踩得极开心，小金宝那双眼睛使我把动作夸张了。

我和完稀泥幸福地扎进了河水，扎了一个猛子。我知道有人在看我。楼顶地上全是说话的声音，他们大声说笑，铁钉也敲得节奏铿锵，每个人都很快活。修房子其实和砌新房一样，容易让人喜气洋洋的。

我的那个猛子一直扎到河对面。我回头的时候十分自然地和小金宝对视了。小金宝的情绪很好，这个我已经看出了。

很普通的一条乌篷船平平常常地驶了过来，拦在了我与小金宝中间。船挨着我，好像想靠在南岸。乌篷船的开口正对着我的头，伸出了一根细竹竿。竹竿在我的头顶轻敲了两下，我抬起头。我一抬头就差一点吓沉到水下去。一张刀把脸正对我诡秘地笑，是我在唐府里曾见过的一张刀把脸。他戴着草帽，帽檐压得很低，如果我在岸上是绝对不会看见他的脸的。我和他的对视使我的脑袋轰然响起一声巨响，刀把脸倒很沉着，他并不惊慌，冲着我只是微笑，好像有什么重大的事情要在今天彻底结束似的。我望着他，北岸金山家楼顶上的说笑立即听不见了。我愣在水里，感到小河下面长满了手。再回过神来的时候乌篷船就已经驶过去了。我的脑袋傻浮在那儿，听见水下自己的心跳，我的嘴里不住地吹气，眼睛里早没了小金宝，但小金宝依然望着我。她一点也不知道眼前的水里发生了什么。这一刻小金宝置身于故事之外。阁楼顶有人大声喊，嫂子，放爆竹！我听到这话才还过了神来。

我上岸时到处飘着南瓜香。每个人都捧了一碗。南瓜瓤一片金黄,冒着乳白色热气。它们在白瓷碗里有一种丰衣足食的吉祥模样。随后石街上就"咚——哒",又一声"咚——哒"。我走到石街时桂香正拿了一根紫色香往小金宝的手里塞。是让她放鞭炮。小金宝的胆小样子引来了一阵笑。但小金宝终于点上了,点上之后抱了头就蹿到了我的身边。这一声极响,小金宝努力着欢呼雀跃。小金宝跳了两跳一直没能发现我脸上的死样子。小金宝从桂香的手里接过南瓜,尝了一口脸上就布满了好吃的模样。桂香看在眼里,高兴地说:"等手边的事料理完了,叫槐根划船到他婆婆家再拿几个来,也不是什么值钱的好东西。"

都以为桂香是一句顺嘴人情话。没料到天黑了之后桂香真的让槐根到婆婆家拿南瓜去了。槐根走的时候甚至没有说一句话。他回来的时候夜色已经不早了。人们乘完了凉,各自上小楼睡觉去了。小镇的夜又一次安静了下来,星星在河底眨巴。没有风,也没有浪。金山家里传出了小男娃的几声呜咽,随后又息了。水面如镜,发出平滑的黑色水光。槐根划着乌篷船悄然行驶在河面。河岸石缝里传出了蛐蛐与纺织娘的叫声,这样的声音仿佛从水底发出来的,带着一串气泡,听上去又清凉又干净,但脱不了不祥的阴森。

乌篷船头垒了堆南瓜。槐根的小船慢慢靠近了石码头,他的瘦削身躯在黑夜里极不真切。他走到了船头,拴好绳,然后上了岸准备叫起我们,他的南瓜拿来了。

槐根是在上岸之后听到水底的动静的。他以为是一条鱼,一条不小的鱼。他躬下了腰。水里突然伸出了一样东西。是一双手。但槐根在那双手捂上自己的嘴巴后才弄清是一双手。他的身子即刻软掉了。他没有来得及呼叫,水里齐整整站上来两条黑人影。铁船桩无声地插进了他的肚子。四只手当即把他摁到了水下。他的大腿剐在了船帮上,南瓜掉进了水中,发出一连串水声,但随后就安静了。南瓜一个又一个漂浮上来。槐根也漂浮上来。这时候他已经是一具尸体了。

　　小金宝听到桂香失常的尖叫是在凌晨。她叫着槐根的名字。小金宝睁开眼窗外刚刚见亮。她冲下楼时阿贵已开了南门。小金宝第一眼就看见了水面漂浮的南瓜。这些南瓜和槐根联系在一起,当然也就和小金宝联系在一起。桂香的半个身子站在水里,她家的石码头有一只打翻的淘米篓。她一定是在淘米时看见了那具尸体,随后认出了那个尸体。金山冲进了水里。他的一条残脚在水里丑陋无力地挣动。

　　小金宝在惊乱中捂住了自己的嘴。她的恐惧是女人对尸体的恐惧。她没有想到别的。但她马上发现了槐根腹部的铁船桩,她看到了槐根之死的另一个侧面。双份恐惧袭上了心头。她捂嘴的那双手放下来了,身子就倚到了木柜上。死亡这个巨灵之手从上海伸过来了,大拇指已碰到了她的鼻尖。她一回头看见了我。我的表情和昨晚一样半死不活,但没有任何变化,对死亡没有半点震惊。只有我知道小镇上发生了什么事,我的半死不活在凌晨时分显出一种可怕的平静,似乎一切都顺理成章。我的平静杀气腾腾,却又找不出根由。小金宝扑上来,双手扳紧了我的肩，疯狂地摇撼。但只晃了两下，小金宝自己就坍塌了下去。我没有扶她，依旧坐在门外。我平静镇定，杀气腾腾的平静镇定，河面飘起了一层薄雾，像鬼的八十八只指头软绵绵地抓过来又抓过去。

对岸堵了很多人。死亡气息席卷小镇大地。

小金宝醒来天已大亮。阳光普照，晴空万里。她躺在红木床上。小金宝醒来之后伸着手四处乱摸。我从床下掏出锡壳烟壶。小金宝接过烟，她的双手无助地抖动，一连划断了六根洋火杆。我拿过洋火，划着了，洋火烧得很稳定。"谁到这里来了？"小金宝一把拉住我大声尖叫，"是哪个狗杂种跟到这里来了？——你说，你全知道，你告诉我！"

我没有表情。我没有什么可以告诉她的。

小金宝拉住我的手，把我的手按在桌面上，举起烟壶用力砸了下来。"你去告诉他们，叫他们别杀了！"我没有抽回手，我的指头砸裂了，在桌面上流下一线鲜血。

阿贵和阿牛面面相觑。他们望着我的指头和我的血，半张了嘴巴，傻乎乎地对视。

小金宝放下烟壶，扶住桌子吃力地撑起身，僵尸一样走了出去。

桂香的家门口堵满了左邻右舍。小金宝走去时人们默然闪开一条道。她的身后跟了我，满手血迹。桂香的家里没有哭泣，六七个老太太围坐在桌前，闭着眼睛为槐根超度。槐根被一张白布遮住，平放在堂屋中央。桂香和金山坐在一边形同丧幡，通身散发出绝对死亡的晦重气息。小金宝进屋后立在了槐根脚前，随后我也立在一边，四周没有半点声息。小金宝和我站了一刻，默默走了出去。人们注意到屋里的几个当事人都没有抬头，我们的目光各自放在自己的眼睛里，彼此不再对视。

小镇的白天就死寂了。满街尽是大太阳。

槐根的葬礼极为简陋。金山并没有从家里拿出太多的丧幡与香火花圈，帮桂香修房的那几个男人一同把他抬到了后山。人们注意到槐根出殡的这一天小金宝家的大门一直没有打开。人们从这家倒霉的小阁楼里没有听到半点声息。

小金宝在第二天傍晚时分走出家门，她走在大街上，后面跟着我。小镇是一副冷漠面孔，没有人抬眼看她。这与她第一次逛街的情形截然相反。人们生怕她把晦气带进自家门槛，她走到哪里关门与沉默就带到哪里。

九十五岁的老寿星坐在桥头老地方。他的身边有一个孩子，光了屁股，还没会说话，正和老人用他们的语言说笑。老寿星不住地点头，嘴里弄出婴孩一样的声音。他们玩得极开心，笑得心心相印。

老寿星抬头时看见了小金宝，他对着小金宝无声地笑开了。因为没有牙，他的笑容极柔软。这张柔软的笑脸是小金宝今天看到的唯一笑脸。小金宝对这张笑脸没有准备，作为回报，她仓促地一笑，没有露齿，又短暂又凄凉。她的这个仓促笑脸让我看了心碎。小金宝笑完了就掉过头，回她的小阁楼去了。

第 八 章

一

我从后来的传闻中得知，槐根被杀的前几天宋约翰突然在上海失踪了。走得杳无踪迹。我总觉得槐根的死和姓宋的有关，我是说有关，并不是说姓宋的下了手。这是一种冥世里头安排好了的命运。你应当相信命。槐根就那个命，替死鬼的命，要不怎么说命中一尺难求一丈呢。埋伏在水下的人一定以为他是另外一个什么人了。宋约翰的失踪使小镇的紧张变得浓郁，使小镇处在一种一触即发的危险状态之中。问题的焦点当然在小金宝身上。具体的我不敢说，我只是知道只要小金宝还在，只要大上海那只巨大的疖子不出脓，围绕着小金宝肯定还要死人。我不知道下一个是谁，我只知道还要死。但在小镇的那段日子里，我除了在水里看见过那张上海的刀把脸之外，对上海的事我一无所知。我和小金宝离开上海的那段日子里，大上海经历了一场最惊心动魄的五彩阶段。这个我信。要不然，那个小孤岛上就不会有那么多的尸体。尸体总是阴谋与反阴谋的最终形式。但不管怎么说，小镇上的那些日子比上海的要好。

夜里的敲门声来得无比突兀。笃笃两小下，声音却像锐利的闪电，在阁楼里东抚西摸。我和小金宝同时被这阵敲门声惊醒了，我们起身相对而立，惊慌地拥在了一起。小金宝问，"是谁？"

笃笃又是轻轻的两下。

"臭蛋！"

我站在黑暗中，看见敲门声在红木上蓝幽幽地闪烁。

北门打开了。楼梯晃动起白灯笼的灰白光芒。一个男人的身影趴在楼梯上，一节一节，硕大的脑袋贴在了墙上。"干什么？"阿牛呵斥说。门外说："找你们家主人。"是一个苍老的声音。

小金宝站在楼梯上看见灯光里站着一个白胡子老头。这样的视觉效果在夜深人静之际极其骇人。他的身边站着另一个老人，提着白纸灯笼，小金宝记起来了，是常坐在桥头的那个老寿星。老寿星看见小金宝双手合十，拢在了胸前，说："得罪了，我今天夜里走，来给你打个招呼。"

四个人都没有睡醒。我们懵里懵懂，弄不清眼前发生了什么。这时候提灯笼的老头扶起老寿星，一起又退了出去。我们站在四个不同的方位，听见桂香家的木门又被敲响了。我明白无误地听见老寿星重复了一遍刚才的话："得罪了，我今天夜里走，来给你打个招呼。"

差不多到这时小金宝才明白"走"的真正意义。她走到门口，看见两个龙钟身躯在白色烛光里走向下一家门槛。石板路上映出一种古怪反光，彻骨的恐怖就在眼前活蹦乱跳。小金宝回过头，黑咕隆咚的街口几乎所有的门前都伸出了一颗脑袋。矮脚咚的一声把门关死了，阿牛惊慌地说："上去睡觉，上去睡觉！"

第二天一早小镇响起了爆竹声。声音炸得满街满河，像赶上了大年。我想起夜里的事，却不太真切，恍如隔世。打开门整个石街全变了，家家户户的门前挂上了一根红色彩带，街上来来往往的全是人。人们喜气洋洋，不少人的臂上套着黑纱，黑纱上有银洋大小的一块圆布，老年的是黄色，少年的是红色。小金宝和我站在石门槛，傻了眼，四处张望。还是阿贵有见识，阿贵看一眼石板街立即说："是喜丧，是百年不遇的喜丧，快挂块红布，能逢凶化吉！"

小金宝的脸上有一股方向不定的风，吹过来又飘过去。她坐下来，谁都没法弄清楚她到底在想什么。小金宝对我说："臭蛋，到楼上去，把我的那件红裙子拿来。"

我拿来小金宝的那件低胸红裙。小金宝接过裙子，从桌子上拿起菜刀比画了好半天。我盼望着小金宝能早点下刀，把她的红裙变成彩带飘扬在小镇屋檐下。但小金宝停住了。小金宝放下刀，把她的低胸红裙搂在了胸间。

阿贵和阿牛相互望了望，没吭声。他们的脸色说话了，这个我看得出来。他们在说：晦气！

阿贵没话找话地自语说："好好歇着吧，今晚上还有社戏呢。"

寿星常坐的那座桥边挤满了人。花圈、彩纸十二生肖从老寿星的家门口排出来，拐了弯一直排到了小石桥上。吹鼓手腰缠红带吹的尽是喜庆曲子。听上去有用不完的柴米油盐酱醋茶。桥头下面设了一只一人来高的彩纸神龛，供了上好的纸质水蜜桃。地上布满鞭炮纸屑，桥两边是两炷大香，宝塔形，小镇的半空飘满了紫色烟雾。人们捧着碗，拥到神龛旁边的大铁锅旁捞寿面，象征性地捞上长长的五六根，吉吉祥祥放到自己的碗里去。

几个不相识的男人戴着草帽夹着大碗在面条锅前排队。他们神情木然，与周围的氛围极不相干。他们用铁锅里的大竹筷一叉就是一大碗，而后闷不吭声往河边去，走进刚刚靠岸的乌篷船。河里的乌篷船要比平日多出了许多。下面条的大嫂扯了嗓子伸长颈项大声喊："三子，再去抬面条来！"

老寿星的尸体陈在一块木门板上。我挤在人群中，赶上了这个喜气的丧礼。老寿星的尸体和他活着时差别极大，看起来只有一把长。我闻着满街的香烟，弄不明白老寿星一家一家告别，到底是为了什么。死真是一件怪事。可以让人惊恐，也可以叫人安详。这样的死亡是死的范本，每个人只可遇，不可求。

不知谁突然叫了一声："红蜻蜓，你们看红蜻蜓。"我抬起头，果然看见半空的香雾中飘来一片红色的蜻蜓，它们从屋后的小山坡上飞下来，一定是前几天连绵的雨天才弄出这么多红蜻蜓的。红蜻蜓越来越多，一会儿工夫小巷的上空密密匝匝红了一片。人们说，老寿星显灵了，人们说，老寿星真是好福气，菩萨派来这么多的红蜻蜓为老寿星接风了。人们仰起头，享受着老寿星给小镇带来的最终吉祥。

小金宝一直没有下楼。小金宝坐在阁楼的北窗口，显得孤楚而又凄凉。东面飘来的喜气和红蜻蜓与她无关。她不敢出门，她不敢面对别人对她的厌恶模样。香烟顺着石街向西延伸，雾一样幸福懒散。

楼下自西向东走来两个小伙子。他们抬着一只大竹筐，竹筐里放了一摞又一摞生面条。他们抬着面条一路留下他们的抱怨。

"那帮戴草帽的是什么人？还真的想长生不老？一碗又一碗，都下了多少锅了！"

"谁知道呢？整天躲在小船里头，像做贼。"

"他们想干什么？"

"不知道，不知道他们是什么人。"

小金宝坐在窗前望着他们远去的背影。不祥的感觉夹在喜庆氛围里纷飞。她望着窗外夏日黄昏，红蜻蜓们半透明的翅翼在小镇上落英一样随风飘散，连同乌篷船、石拱桥、石码头和旧墙垛一起，以倒影的姿态静卧在水底，为他乡人的缅怀提供温馨亲情与愁绪。

小金宝不敢下楼还有一个更要紧的原因，她不敢见桂香，不敢见金山。她望着对面小楼顶上的山顶，猜不出槐根的小坟墓在哪一颗星的底下。死亡靠她这么近，死亡使她习惯于追忆与内疚，但死亡没有能够提醒她，又一个重大事件正悄悄等着她。

二

我也没能知道聚集在老寿星门前吃寿面的陌生人是谁。当初我要是有今天这样的世故眼就好了。他们还能是谁？他们不是上海来的人又能是谁？可我还蒙在鼓里。后来听人说，宋约翰其实早就知道小金宝的下落了，但宋约翰为"做"不"做"掉小金宝一直在犹犹豫豫。他弄不清楚小金宝到底会不会对老爷把那些事"说出去"。能不做当然最好。但宋约翰对小金宝实在没有把握。这个女人实实在在是一把面团，只要有一只手捏住她，她的样子就随那只手。他弄清了小金宝的下落，藏在暗处，时刻决定"做"或者"不做"。当然，有一点宋约翰没有料到，老爷真正要等的还不是他姓宋的，老爷要的是姓宋的和他的十八罗汉。老爷设下了一个迷魂阵，等着拔草除根。如果出面的只是姓宋的光杆一个，老爷宁可放一马，再接着布另一个迷魂阵。

两边的人都静卧在小镇，或明或暗。他们睁大了眼睛，随红蜻蜓的翅膀在半空闪烁。

小金宝在社戏那个晚上的大爆发成了小镇人多年以后的回忆内容。我们都没有猜到她会在那样的时刻采取那样的方式。是老寿星的喜丧给人们带来了这场社戏，整个丧葬的高潮是那台社戏，其实这不是唱社戏的季节，但这样百年不遇的喜丧，季节不季节也就顾不上了。那天的人真多，四乡八邻挤满了小镇的那条小河，小河里点满了红蜡烛，这是社戏之夜里另一场缤纷绚丽的红蜻蜓。小河两岸所有的木格窗都打开了，人们忘记了死亡的可怕一面。人们忘记了这个世上伤心的桂香和恍惚的小金宝，人们说着闲话，嗑着瓜子，在社戏的戏台下排开了水乡的小镇之夜。

社戏在石拱桥上开演时一轮满月刚刚升起。那座石拱桥离小金宝的小阁楼不远。作为百年不遇的喜丧高潮戏，社戏选择的曲目充满了乡村欢愉。夜是晴朗的星夜，小河边张灯结彩，与乌篷船上的欢歌笑语融成一片。乌篷船塞满了小河，远处的河面漂满河灯，是红蜡烛河灯。这串河灯将伴随老寿星，一直走向天国。

一对红男绿女从桥的两端走了上来，他们手持两块红色方布，围着桥中央张开胳膊先转了两转，水面响起了一片唿哨。文场武场都吃得很饱，手里的家伙也就格外有力气。武场敲了一气，男女散开了，女角的一条腿跷到屁股后头，男角则迈开大弓步。女角的眼睛朝男角那边斜过去，惹事了：

女：哥哥你坐船尾，

男：妹妹你坐船头。

女：哥哥带阿妹做什么呀？

男：哥哥带你去采藕。

女：藕段段像什么？

男：是妹妹的胳膊妹妹的手。

女角一跺脚,把小方布捏在手里,生气了。她把手放在腹部,随着她的跺脚锣鼓笛琴戛然而止。女角在桥中用越剧的方式生大气。男角弯下腰,讨好地把头从女角的腰肢间伸过来,女角给了他一巴掌,两人又好了,锣鼓又响起来,一片欢天喜地,两个人高兴得转来转去。

台下松了一口气,大家都替那个男角高兴。

小金宝坐在窗前。她的胳膊支在窗台上,看不见脸。她的背影黑咕隆咚,看不出任何动静。

台上的男女转了一圈,这一回分开时两个人却换了位置。女角在桥的另一端把目光从胳膊肘的底下送过来,又唱开了:

女:哥哥你在山脚。

男:妹妹你在山腰。

女:哥哥带阿妹哪里去呀?

男:采茶山上蝴蝶飘。

女:蝶花花遍山飞,妹妹是哪一只呢?

男:哥哥我挑花了眼再也找不到。

女:哥哥你回回头,哎——

男:妹妹你栖在哥哥的头发梢。

女角这一回动了大怒。她追到男角的背后,鼓起两只拳头用鼓的快节奏砸向了男角的后背。男角被打得转了两圈,张开双臂燕子那样斜着飞了过去。女角跟起脚,亮一亮相,随着男人风一样随了过去。

水上一片叫好,楼下的阿牛也兴致勃勃地喝了两声大彩。

我走到小金宝的侧面,她没有看戏。她在找。我不知道她要找什么,但我看得出她在一只船一只船地用心找,找什么船,或者说,找什么人。但她显然什么也没有找到。水边的欢笑和她没有关系。她静然肃坐,我感觉到她的身上散发出夏日里特别的凛然寒气。她青黑着脸,对我说:"你下去。"

楼下亮着一盏红蜡烛。这盏红蜡烛与河里的一片红光相互对应,但显得有点孤寂,南门大开,而北门紧锁着,阿贵和阿牛守着一张小几子,几子上放着两只酒碗和一碗猪头肉,他们伸长了脖子,张着嘴,一脸眉开眼笑。

小金宝一下楼就吓了我们一大跳。她非常意外、非常突然地重新换上了那件低胸红裙,顺着破楼梯一步三摇。小金宝下楼时那支红蜡烛的红光随她的走动极不踏实地晃了两晃。光从小金宝的下巴向上照过去,她的脸看上去有点怪,都不像小金宝了。小金宝的左腿踩下最后一级楼梯。她一脚踩地一脚留在楼梯上。小金宝扶着木质扶手,站在梯口一脸死灰。小金宝充满死气的脸上挂着笑,走到阿贵和阿牛面前,说:"两个光棍喝酒有什么意思?拿酒来!"

阿贵和阿牛相互打量了一眼,阿贵忙立起身,讨好地用上衣下襟擦干净一只海碗,倒下大半碗黄酒。小金宝端起酒,不问好歹就一大口。她歪着嘴咂巴了几下,没开口。

我望着小金宝。我想我的表情一下子回到了逍遥城。

阿牛弓着腰笑着从方凳子上推过猪头肉。小金宝冲声冲气地说:"拿开,什么脏东西!"小金宝端着大碗说:"我就喝酒。"

小金宝顺势坐到阿牛大腿上，大声说："我们来锤剪子包，谁输了，唱——他们唱的什么破玩意！"

　　阿牛的身子即刻僵硬了，他的大腿和上身直成了一张太师椅。阿贵借着酒，胆子也大了，咧开大嘴巴伸出了巴掌，他的声音和小金宝的尖叫和在了一起："锤——剪子——包，锤——剪子——包，锤——剪子——包！"

　　小金宝的剪子终于把阿贵的包给剪了。

　　小金宝开心地说："喝，出一个！"

　　阿贵输得很开心，痛痛快快地喝了一大口，脸上有些难色，说："我不会唱戏。"

　　"随你怎么唱，"小金宝说，"让我高兴就行。"

　　"我就会学狗叫。"

　　"叫！"

　　"汪——"

　　阿贵看了看河面上的船只与人头，伸长了脖子，憋足了劲，一连叫了十几声。

　　"是公狗，"小金宝指着阿贵的额头说，"我都闻出来了，肯定是公狗。"

　　阿牛快活得不行了，附和说："是公狗。"

　　阿贵的狗学得真是太像了，满河的人没有人料到是一条假狗。他们没有看这边，依然在等待社戏台上的下一出戏。

　　小金宝挪到阿贵的大腿上，对阿牛说："我们来，谁输了谁喝酒。"

　　一番"锤剪子包"后，小金宝痛痛快快又赢了阿牛。阿牛没有争辩，很自愿地捧起碗，一口气闷下去小半碗。

小金宝笑着说："你真乖，怎么能让你一个人喝，我和你一起喝。"小金宝双手端着碗大口大口地往下灌，她喝的样子极丑极恶，酒从嘴角两边不住地往下漏。"出一个，"小金宝说，"该你出一个了。"

阿牛说："我学驴，我学驴叫比他的狗还像！"阿牛站起身，退一步，两只手摁在桌面上，一头驴立即在小镇的喜庆之夜发情了。阿牛最终甩起脑袋，吼了两下，比真驴还像。河里的人有些纷乱了，他们齐整整地望着这边，弄不清这边发生了什么事。

小金宝没看水面，她的兴致正浓，小金宝又灌下一大口，说："姑奶奶唱一段，让你们开开眼。"

假正经，假正经，
做人何必假正经。
你想说，你就说，
何必叽叽喳喳吵个不停。

这时候社戏台上愣头愣脑走上来一个小丫头，小丫头还没有来得及开口，却发现水上的船只开始移向一家石码头了。这个披红戴绿的小丫头手里拿着一条绿绸带，忘了听桥边琴师们的过门，却看见不远处石码头沿口一位身穿红裙的女人离奇古怪的歌唱：

假正经，假正经，
做人何必假正经。

你要看,你就看,
何必偷偷摸摸躲个不停。

人们看见身穿低胸红裙的小金宝了,她的大乳房在红烛光的照耀下抖动出世俗快活的半透明红光。

台下大声喝彩,他们做梦也没想到社戏场上能看到另一出大戏。

我的心慢慢碎了。我拉着一张脸,慢慢走上了小楼。我立在窗口看见所有的船把船头都对准了我们的石码头,我就那么站着,脑子里如同在逍遥城时一样空洞。

一只碗突然被打碎了。是用力从半空掼下来的那种打碎。我完全没有料到,做出这个惊人举动的恰恰正是小金宝。我不知道她到底喝了多少酒,她一定是喝完最后一口之后做出这个大幅度的惊人举动的。她打碎了酒碗之后传出了她的尖声怒骂:

"狗日的,你出来,狗日的,你有种你站出来。你知道你杀了谁?你知道你杀了谁?你听见我的话,你站出来,狗日的!你有种你给我站出来,我倒要看看你的东西有多长,有多粗!"

三

小金宝喝醉的第二天早晨事情全面爆发了。那个早晨我这辈子是忘不掉的。小金宝被人绑走就在这个早晨,那时候太阳还没出来呢。小金宝的床边被她吐得到处都是,满屋子全是熏人的酒臭。

　　那天一大早我就醒来了，我推开窗，大清早凉风习习，有点寒意。东方的云层像痨病鬼的痰迹带了几根血丝。小镇还没有醒来。江南水乡露出了隐约大概，恬静而又秀美。许多好日子在这隐约的轮廓里整装待发。小镇在我的眼前没有亮透，不真切，可是安安静静的。小镇在我的鼻子底下，乖巧得像光屁股的婴儿。

　　远处有几只公鸡在打鸣，是一种抒情的调子。随后小镇的后山上响起了鞭炮声，每一声鞭炮都被山反弹出回音，有着隔世之感。随后喇叭也吹响了，因为有些距离，被轻风吹弯了，传递过来时，扭着身子，听上去不真切。我知道，老寿星出殡了。

　　后来有人告诉我，老寿星大清早的出殡善始却没能善终。两路人马从小山的隐蔽处杀了出来。他们的厮杀搅在送丧的出殡大礼中。他们在送丧的人群中左冲右突，企图讨个吉利的送丧者们扔下了纸幡、花圈和纸钱，他们沿着山坡四处逃散。这一切小金宝当然不知道，她醉得像一摊酱。这一场斗杀没有结果，只在满山坡的纸钱中间横下了几具尸首。

　　关于这场械斗我知道得极其有限，我记得的只有一点，在太阳出山之前阿牛突然冲到小阁楼上来了，随后冲上来的还有阿贵。他们没有顾得上我，他们极其慌张地把小金宝从床上拖了下来，从楼上背到楼下去了。阿牛拉开南门，我注意到布满雾气的河面上飘荡着许多碗，每只碗里都有一只鲜红色的小蜡烛头。我们的石码头上靠了一只小舢板,阿牛把小金宝背上船,随后阿贵对我招了招手,示意我上船。我走上船,阿贵拉上船篷,把整个小船全盖严实了。我坐在船中央,透过一道缝隙看见桂香打开了大门,她为她的儿子戴着孝,她的脸在早晨的淡雾里依旧可见昨日的死亡痕迹。

小船离她远去了,我猜想桂香到死都没能弄清楚船里那一刻正躺着小金宝,那个给她带来无穷灾难的女人走得如她的来。突如其来,又突如其去。

小舢板从小河口拐了弯后进了大河,我顺着这个拐弯看见了小镇北面的小山,小山上布满了花圈与哭丧棒,它们被踩得一地,东一堆西一堆,呈现出一股比死亡本身还要丧气的不祥。有一只大棺材停在山坡上,还没来得及入土。这时太阳出来了,太阳照亮了那只巨大的棺材,只一闪,棺材和小山小镇就一同离我而去了。

小舢板行驶到中午时分在大河里遇上了一只大船。这时的小金宝已经醒来了。她趴在小舢板的船舷上,不住地说:"头疼,快停下,我头疼。"阿牛在船尾划桨,没有理她。阿贵则坐在船头,他坐得很肃穆,他的屁股旁边无缘无由地放着一把小手枪。我弄不清他是从哪儿弄来这个玩意儿的。小金宝把头伸到水面上,弓起身子大呕了一通,随后就歪在那里哼叽。她无力地掬起水,往自己的嘴里送。小舢板就是在她喝饱河水之后遇上那只大木船的。

阿贵站起来对大船挥了几下手,慢慢靠了上去。

一上大船我就惊呆了，大船的船头站的是铜算盘，大船的后舱里立的却是上海滩虎头帮的老大唐老爷。

我坚信小金宝一见到老爷酒全醒了。

第 九 章

一

有好多事要回过头来想。小金宝与铜算盘和老爷的见面就要回过头去重想一遍。他们在船上的见面平平常常,骨子里头却有意思。我第一眼看见老爷时就想,小金宝肯定又要大闹,她昨晚上就闹成那样了,见了老爷还不哭天喊地?可是不,小金宝就是没有闹。我现在才弄明白过来,全因为铜算盘站在旁边,小金宝这种时候在铜算盘的面前可没有底。她离开上海的那一个晚上宋约翰正在她的楼上,铜算盘知不知道,她可没数;铜算盘万一知道了有没有对老爷说,她也没有数,这样的时候小金宝可不能太放肆,她的小拇指头这一刻夹在人家的门缝里呢。

老爷和铜算盘的眼睛一如上海,看不出任何东西。只要他是个人物,眼睛里头一般总是漏不了事情。老爷见了小金宝只是笑,摸着光头,轻轻松松高高兴兴的样子。老爷站在船上,看不出受了重伤的样子。老爷的伤其实不轻,只不过总算稳下来了。小金宝走到老爷面前,老爷的脸上只有一股子久别胜新婚的喜气,别的再也没有什么了。小金宝表现得聪明乖巧,顺着久别胜新婚的意思和老爷一同往下走。小金宝抚着老爷的身子,用老夫老妻的口气说:"身子怎么样了?"小金宝说什么话都好听,说"身子"两个字尤其有一股子特别的味道。"身子",这是最讨老爷耳朵好的两个字。老爷没有回答小金宝,把小金宝一同拉进了后舱。老爷的手一碰上小金宝的胳膊小金宝就有数了:不像是急于云翻雨覆的意思,老东西伤得不轻,身子骨还差火候。

老爷进舱后半躺在舱壁,他的身后靠着一床破棉被,小金宝瞄一眼不远处的小桌子,桌子上放着大大小小的药瓶,彩色小药片正躺在瓶子里红红绿绿。小金宝拿了药片给老爷喂了几颗,温柔地问:"我们还要去哪儿?"老爷笑了笑,和和善善地说:"陪你看看山,再看看水。"

老爷说完这话闭上了眼睛,他似乎猜得到小金宝还要追根刨底,文不对题地自语说:"先让他们闹,神仙打仗,凡人遭殃,凡人打仗,神仙收场——先让他玩玩。"小金宝喂下老爷一口水,用心仔细地品味老爷这句话里的意思,弄了半天也没弄出头绪来。

铜算盘从船头来到后舱,他的手上依然不离那只水烟壶。他的眼睛又深又阴地盯了小金宝一会儿,一开口却很恭顺,铜算盘说:"小姐,您早点让老爷歇着。"小金宝斜了他一眼,样子端得很足,但到底也不敢对他过分,说:"知道了——我们还要走多久,我们这是上哪儿?"

铜算盘低下眼，对小金宝说："快了，我们去一块小岛，岛上就一个寡妇和她的小女儿。"铜算盘想了一想，又关照说："到了岛上小姐可不要乱跑，没有老爷发话，任何人不能上岛，任何人也不能离岛——小姐您再委屈几天。"

小金宝的脸上浮上不开心的神情，她听得明明白白，铜算盘关照与恳求她的话，骨子里全是警告和命令。

铜算盘补了一句："快了，要不了几天，老爷会带我们回上海的。"

从后来的事态发展看，这话里的意思可多，这话让小金宝忽略了，真是她的不该。

铜算盘从小睡中醒来，眯起一双老眼。他的目光透过木板缝隙向外张望，他的目光又混沌又闪亮，让人老是不放心。铜算盘自语说："到了。"小金宝对着缝隙张望了一阵，没看到东西，命令我说："把门打开。"我跪在舱门口，一座孤岛正沿着我的错觉向我静然逼近。岛上长满芦苇，绿绿的挺挺拔拔。芦苇的修长叶片全是年轻的颜色，在晚风中整整齐齐，风一吹，这种又整齐又错落的植物景观即刻涤荡了大上海的杀气，贮满了宁静、温馨与人情味。我爬出舱门，万顷水面烟波浩淼。天高水阔，上上下下都干干净净。

小金宝紧随我出来，却没有过多地打量孤岛。她回过头去，夕阳正西下，在水与天的接头处留下华彩云带。这样的画面在她的眼里有点不真实，山山水水反成了她心中的一种幻境。小金宝深吸一口气，水面空阔，但没有巨澜怒涛，江南水面千闪万烁的是粼粼波光，那些细碎的波光像液体的金子，一直流溢到目光的尽头，尽头是远山的大概，雾一样缥缈，不真切。

打了赤膊的船工说："老爷就是会享福，这个岛真是不错。"另一个船工接了话茬说："等我在上海发了财，数洋钱数得胳膊酸了，也找个岛来歇歇手脚。"打赤膊的说："这么好的岛，该起个名字。"这时候铜算盘正扶着老爷出来，打赤膊的说："老爷，这岛叫什么名字？"老爷眯眼只是望着不远处的芦苇，随口说："上海滩。"另一个船工讨好地说："这地方叫上海滩，我们这些阿狗阿猫也能当老爷了。"几个水工一阵哄笑。老爷自言说："老爷我在哪儿，上海滩就跟到哪儿。"水工就止住笑，弄不懂老爷话里的意思。小金宝瞄一眼老爷，感觉老爷的话每个字都像吊吊虫，沿着她的耳朵往里头爬。

木船泊在了小岛的西端。船一靠岸阿贵和阿牛就跳进了水中。他们从船头拖下一块跳板搁在芦苇丛中的木质码头。我立在船头，隐隐看见芦苇丛中有一个草屋的屋顶，看上去又大又旧，草屋的顶部停着许多鸟，它们安安详详，认真地张望、叼毛，清除趾甲。草屋的屋顶仿佛陷在芦苇丛中，看上去有些不踏实，小金宝从后船舱钻出来，扶着我的肩膀，颤巍巍地上了岸。老爷没有让人扶他，他背着手，在跳板上面胜似闲庭信步。我站在一边，我突然发现老爷走路的样子中有了点异样，他瘦了许多，脚步踩在木板上也不如过去那样沉着有力了，有些飘。老爷走到栈桥上来，我顺势跳上岸，栈桥曲曲折折的，一直连接到大草屋。栈桥看上去很少有人走动，粗大的木头被日晒夜露弄得灰灰白白，中间开了极大的裂缝。栈桥的两边是

153

几只弃船，粗细不等的铁链被接得形状古怪，铁链的外边则是几只铁锚，铁锚的大铁钩张牙舞爪，有一种说不出的嚣张。

我望着这几只铁锚，总觉得它们与上海之间有一种说不出的内在关联。它们通身漆黑，时刻决定或控制着事态的进程。

那座大草屋不知道现在还在不在了。你说谁能想得到，唐府在上海滩的恩恩怨怨，最终没有在上海滩收场，却在这个孤岛的大草屋里了结了。我又要说那句老话，这全是命。这话我说过多少遍了？那时候我离开家才几天？冲着上海去的，在上海屁股还没有焐热，匆匆又到了小镇上，没两天却又回到乡下了。我转了一大圈，又转到乡下了。可有一点不一样，没能转到最初开始的地方。命运就这样，过了那个村，就再也不会有那个店。

这座大草屋我可以说熟透了。但我敢说，这样的草屋只是唐家无数草屋中的一个。每一座这样的草屋都深藏着大上海，深藏着虎头帮或唐府的最终结果。可惜我那时候不知道。老爷的话真是说得不错，老爷我走到哪儿，上海滩就跟到哪儿，这话不过分，不吹牛，实实在在的一句。大上海的事就这样，结果在上海，起因往往在别处；起因在上海，结果则往往在"大草屋"。这也是大上海不易捉摸的缘由。

大草屋就在我们面前，许多人的命运将在这里彻底完结。

我走近大草屋，才发现大草屋是分开的，南北各两间，中间是一个大过道。从大过道向上看去，上面还有一层。所有的木料用得都很浪费，又粗又大。过道的四面木墙上挂着许多农具与渔具，依次排着锹、钉耙、虾篓、鱼笼、锄头和几只马灯。这些东西很旧了，与其说放在那儿不如说扔在那儿。上面积了一层灰，手一碰就是一只手印。小阁楼上放着好几只大木箱，猜不出里头塞了些什么，那些干稻草也旧得不成样子，一点金黄色都找不到，到处都是干灰色，透出一股子霉味。

老爷走进南边的第一道门，第一道门内阿贵和阿牛匆匆打扫过一遍，厚厚的积尘刚扫去不久，黄昏的空气中厚厚的粉尘飞来荡去，传出一阵阵极浓的陈旧气味。床上干净些，干净的被子也不知道是从什么地方拖出来的，平平地摆在床上。老爷进门后看了一转，看见铜算盘和小金宝跟了过来，松了口气，缓缓躺在了床上。老爷望着屋顶只是大口喘气。我立在门口，铜算盘和小金宝慌忙走上去，一个为老爷宽衣，另一个往老爷的后背垫被子。他俩无声无息，手忙脚乱却又井然有序。老爷长叹了一口气，说："年纪不饶人，也晓得疼了。"铜算盘侧过头对我说："去把最大的白布袋解开来，里头的一个红木箱子，小心点，全是老爷的药。"我再次回到栈桥，远远地看见大木船已经离开了码头。大木船被夕阳的余晖和水面的反光笼罩了，在我的眼里弥漫开浓郁的伤心气息。我感觉到脚下的孤岛就此与世隔绝，与二管家划分到另一世界里走了一回。

我走到阿牛的面前，阿牛的肩上扎着那只白色大布袋，正扭过头和阿贵说话。他一边模仿小金宝妖冶的步行模样，一边说："小娘儿们，走路走得真有花样。"

我把小红木箱搬进屋，听见小金宝对着铜算盘抱怨："这么小的单人床,怎么睡得下?"铜算盘装着没听懂她的话,说:"老爷一个人睡,差不多了。"

铜算盘说得慢条斯理,又无懈可击。小金宝无奈地望着他,反倒不好意思把话挑破了。

"我住哪儿?"小金宝不甘心地问。她可不傻,她想靠近老爷,摸摸老爷的底。

"小姐睡隔壁。"铜算盘依然装着听不懂话里的话,挪过老爷的小木箱,动作不紧不慢。小金宝回眼望老爷,老爷闭上眼,天知道他听见了没有。

铜算盘打开箱子,取出一团白白新新的药用棉花,对门后头努努嘴,说:"去把棉花扔了,绷带洗洗干净。"我吸了吸鼻子,突然嗅到了一股淡淡的脓血腥臭,我拉了拉门,看见地上放了一大堆脏棉花,上头粘着黑色血污。

我小心捡起来,不声不响往门口走。

"别扔到水里去,"老爷突然转过头,睁开眼,望着我说,"没用的东西都埋进土里,这是唐家的规矩——记住了?"

我望着脚尖,回话说:"记住了。"

我提着锹出了门,走到了离屋很远的一块空地。我蹲在草地上,埋完了老爷的血棉花。我的手上握着一把小铲锹,失神地拍打新土。天擦黑了,吹起傍晚的风。我机械地拍打新土的过程中突然记起了二管家,我挖了几块土,垒成海碗口大小的一块小坟墓。四周响起芦苇的沙沙声,我腾出手把小坟墓拍得极光滑,土有点凉了,一手的秋意。我涌上了哭泣的愿望。我忍住泪,长叹一口气,有些不放心地往四处看了看,意外地发现七八丈远的地方站着一个小女孩。她的身影在逐渐变浓的暮色里有点模糊。我站起身，和那个小女孩隔着七八丈远的距离对视了好大一会儿，这时候草屋门前站着一个妇女，那个女人叫一声"阿娇"，小女孩就回过头。我看见那个女人朝小女孩挥了一回胳膊，动作很猛。小女孩一边回头一边小跑而去，给我留下了一大块暮色空白。这一切有点像梦。我茫然地望着这梦，风把她的衣角撩起来，只有二管家的眼睛在我的想象中一个劲儿地炯炯有神。

二

小金宝端着盏小油灯沿着过道向东走去。她走向了"隔壁"。过道里有些风，橘黄色小火苗像一只豆子，柔柔地晃了几晃。小金宝用手护住火苗，站在自己的房门前显得神不守舍。小金宝朝东西两个过道口看了一眼，过道口的黑暗把她夹在了中间，一股极浓的孤寂涌向了小金宝的心中，这股孤寂像夜的颜色，拉出了无限空间。小金宝推开门，木头呻吟了一番，反身就掩上了。屋里除了一张床和床头的一张方杌子，几乎空无一物。

小金宝放下灯，顺手提了床上的棉被。几种混合气味直冲她的鼻尖。小金宝重重扔下棉被，被里子反过来了，露出了点点斑斑。小金宝大声喊道："哪里能睡？这被子哪里能睡？上面什么都有！"没有人接她的话茬。孤岛之夜没有半点声息，只剩下听觉在夜的平面梦游。

小金宝站立了片刻,赌了满腔怨气一屁股坐在了床上。是一张竹床。竹床的劈啪声吓了小金宝一跳。小金宝僵直了上身,劈啪声正像一串串鞭炮绵延到听觉的边缘。小金宝叹了一口气,无聊袭上心头。她静坐了一会儿就开始摇晃身子。竹床的吱呀声成了小金宝孤寂之夜里的唯一陪伴。小金宝晃出了乐感,越晃越快,越晃力度越大,竹床的呻吟发出了逍遥城里的爵士节奏:嘭嚓、嘭嚓、嘭嚓……

木板墙敲响了。是老爷。声音不大,但透出一股子严厉。小金宝的身体戛然不动,僵在那里。她伸出下嘴唇呼出一口气,额前的刘海被吹得活蹦乱跳。她的眼睛翻了上去,努力观察刘海欢跳的模样。弄不两回,终于又腻烦了,重重吹灭了小油灯,合衣倒在了床上。

但她不能入眠。风尘女人最可怕的敌人是夜间的寂寞。寂寞是一大群多节软体动物,从夜的四周向小金宝蠕动而来了。她辗转反侧,小竹床发出了一阵又一阵尖锐噪音,像哑巴的梦呓,意义庞杂却又不知所云。木板又被敲响了,这一次不在墙上,而在木门。铜算盘敲完了门轻声说:"小姐,早点睡吧,老爷嫌烦了。""给我把床换了!"小金宝在床上说,"这哪里是床,是收音机!""明天吧,小姐。"铜算盘在门外说,"赶了一天路了,老爷也困了。"

今晚不能入睡的不仅仅有她,还有我。我也不知道怎么弄的,一看见老爷,就特别地想念二管家。这种思念让我难以入眠。

我坐在阳台上,半个孤月正悬在夜空,我远远地看见阿贵瘦长的身影静立在栈道那端,守护警戒着。小金宝轻手轻脚走到阳台上,半仰着脸,不知道她在想些什么。她刚想坐下来,一团黑影却从身边站了起来。小金宝吓了一跳,倒吸一口气,脱口低声说:

"谁?"

我耷拉着脑袋,无精打采地说:

"我。"

小金宝松了一口气,问:

"这么晚了,怎么还不去睡?"

我望着她,她的脸上有许多月光,月光氤氲在她的脸上,使她的面庞白中透青,如剥了皮的葱根。我站了片刻,静穆地转过身,准备去睡觉。小金宝却把我叫住了,说:"你站住。"我就站住。小金宝走上来一步,口气软了,对我说:"我睡不着,陪我坐一会儿。"我只是望着小金宝的影子,她的影子在墙与地板的连接处被折断了,拐了个直角,给人很不吉祥的印象。我弄不懂凶猛的小金宝怎么会给人这么一种倒霉的感觉的。

月光有点冷,虽说是夏末,月亮依然遥远得像块冰。小金宝坐了下来,两只胳膊抱紧了小腿,说:"在想什么?"小金宝的下巴搁在膝盖上,每说一个字脑袋总要往上做一次机械跳跃。我望着远处的水面说:"没有想什么。"远处的大片水面闪耀着伤心的光。小金宝叹口气,默默不语了。小金宝突然说:"臭蛋你会不会爬树?"

我绝对料不到小金宝会问出这样的话,有些猝不及防地说:"会。"

"你常爬什么树?"

"桑树。"我说。

我的"桑树"一出口,小金宝的脸上非常意外地松动了,她的脸在月光底下露出了疲惫乏力的欣喜。

"我也爬过桑树。"她说。

"你怎么会爬树?"我说。

小金宝没有接我的话,却抬起头,目光飞到月亮那边去了。"我们家门口有两棵桑树,"小金宝说,"那么高、那么大,油光光的,村里人都说,我们家要出贵人的。"小金宝说话时脸上浮上了浓重的乡村缅怀,这样的缅怀让人心酸。小金宝说:"一到夏天,满树的桑葚子,往树下一站,满天有红有绿。全村老小都来吃,我们就爬到树上去,一吃一个饱。"小金宝咽下一口唾沫,她一脸的馋相让我觉得真实可近,我跟着她,也咽下一大口。"你也是乡巴佬?"我意外地问。小金宝的眼风恍恍惚惚地飘过来,无声一笑,拎起我的耳朵轻晃两下,说:"乡巴佬小金宝。"我歪了歪屁股,往小金宝这边挪了挪,轻声问:"你家在哪个村?"我问话时上身倾了过来,墙上的影子像一只狗。小金宝说:"别问了,臭蛋,你不许再往下问。"我闭了嘴,仔细详尽地重新打量眼前的乡巴佬小金宝,想起了我的姐姐。我甚至看见姐姐打完猪草爬上那棵桑树时的馋样,屁股后面补了两块大补丁。我望着她,想起了我的姐,这个念头稍纵即逝,不可告人,又幸福又凄惶。接下来的沉默让我茂盛的内心活动拉长了,收不回来。

"臭蛋,你到上海来做什么?"

"挣钱。"

"挣了钱呢?"

"回家开豆腐店。"

"你以为你能把上海的钱挣回家?"

"……我能。"

"臭蛋,上海的钱,是个怪东西,是不肯离开上海的,要不你就别挣它,要不你就别带它走,你要硬想把它带走,它就会让你把命留下来。"

我望着她,没有开口。关于钱,第一个教导我的是二管家,第二个是老爷,现在又成了小金宝。

"臭蛋,等回到上海,我给你钱,拿了钱你立即就回老家。"

"我不。"

"上海有什么好?"

"我还要给二管家报仇,老爷说,他的眼在地下还睁着呢。"小金宝不吱声了。小金宝突然龇着牙训斥道:"二管家!你就学他,死在上海好了!"

我弄不懂她怎么又不认人了。

"去去去,挺尸去!"小金宝不耐烦地对我送出了下巴。

我静静站起身,一个人往屋里走去。我走到老爷的房门前,老爷的屋子里没有灯,仅有一点月亮的反光。但我脚下的木板感到了一阵极细小的振动,好像有一个身体很沉的人在他的屋子里挪动脚步。这个人不可能是老爷,他的身子骨走不出那种分量。我走上去，从门缝里看见极暗的月光把一个人的身影投射在木墙上，这个身影又高又粗，如一张黢黑的剪纸贴在木墙上。我的心猛然收了一回，急急忙忙离开了。进门之前我回头看一眼小金宝，小金宝正托着下巴，远远地望着一汪湖水。

我一觉醒来天已经大亮了。

晨光从木板格子之间斜插进厨房。锅铲瓢盆静然不动，一副不食人间烟火的安闲派头。我卧在床上，对着锅灶愣了一会儿神，从小木床上爬了起来。

我打开门，双手撑在门框上。南面的草坡上阿娇和她的母亲正提着一只竹篮向这边走来，老爷的白色绷带正在半空中纷飞，阿娇的母亲翠花嫂身穿蓝色上衣，土蓝色上衣镶了白边，这道白边与发髻上的一块白布标明了她的寡妇身份，她的这种装扮在早晨的草地上散发出悠久的丧夫气息，有一股脱不掉的倒霉样。阿娇一眼就认出我了。阿娇先看了我一眼，紧接着又看她的母亲，她的这种眼神交替蕴藏了昨日黄昏里诸种精微的细节。翠花嫂没有理会她的女儿，她笑着爬上了大草屋的木质阶梯。

阿牛在过道的那头向这边伸出一只大巴掌，示意她们止步。他的神态里有一种过于隆重的严峻，仿佛阿娇和她的母亲是一对红颜杀手。阿牛走到老爷的门前，还没有敲门，先对门板堆上笑，而后才轻轻地敲了两小下。

门缝里探出铜算盘的瘦脑袋。他客客气气地朝阿娇她妈迎了上去，是那种大上海人才有的客气。铜算盘接过竹篮，撩开竹篮上面的白色纱布，仔细打量着里头的东西。

铜算盘慈祥地拍拍小阿娇的头，说："真是个小美人。"他一边说话一边从竹篮里摸出筷子，夹起一口咸菜就往阿娇的嘴里喂。

"阿叔，她吃过了。"翠花嫂显然不明白铜算盘的心思，也客客气气地说，"不知道有人来，上次的咸菜才好呢，都吃了，过两天再给你们腌。"

铜算盘听不进她的殷勤，笑得一脸是皱，他又喂下一口饭，问："叫什么？"

阿娇忽愣着一双眼，说："阿娇。"

"阿妈呢？"

"翠花。"

铜算盘拿出一块米饼，掰下一块，塞到阿娇的唇边："阿娇几岁啦？"

"九岁。"

"这米饼不太好吃。"翠花嫂又歉意地说，"火也大了，明天我……"翠花嫂一看就是个过于热心的人，对别人总觉得没能尽意。

"呵，九岁。"铜算盘对饭菜放心了，直起了身。

身后响起了木质枢纽的吱呀声。小金宝歪歪斜斜地拉开门，站在了房门口。她倚在门框上，一手叉腰，一手撑着另一条门框，显得松散懈怠。小金宝斜了翠花嫂一眼，回过头打量她的女儿。阿娇的嘴里衔着一口米饼，只看了小金宝一眼就不动了，目光定在了那里。小金宝的鬈发耳坠戒指手镯高跟鞋和一身低胸红裙在阿娇的眼里拉开了城市繁华的华丽空间。阿娇的鼻尖亮了，干干净净的目光里闪耀起干干净净的美丽憧憬。铜算盘提起竹篮对翠花嫂说："翠花嫂，你等一下。"铜算盘无声无息地回老爷的屋里去了。

我站在我的房门口，小金宝倚在她的房门前，过道口站着翠花和她的女儿阿娇。

小金宝斜望着阿娇，下巴却向翠花嫂歪过去：

"是你什么人？"

"我女儿，"翠花嫂说，"阿娇。"

小金宝抱住胳膊说："小丫头鼻子是鼻子眼是眼，哪一点像你？是我女儿。"

翠花嫂没听过这么不讲理的话，拉过阿娇，赔上笑说：

"再像你，也修不来你那样的小姐命。"

小金宝没开口，就那么凝神地望着小阿娇，像照镜子，回到九岁了。阿娇却望着小金宝，她的眼在展望未来，想象自己长大的脸。

小金宝说："把女儿借给我玩两天，解完了闷再还你。"

翠花嫂讪笑道："小丫头没见过世面，就怕她惹小姐生气。"

小金宝不理会她，径直走到阿娇面前，蹲下来对阿娇问："阿娇，是我好还是阿妈好？"

阿娇的嘴巴躲到胳膊弯里去，只在外面留下一双笑眼，她看了我一眼，然后交替着看小金宝与阿妈，不知道怎么回话。

小金宝摸着她的脸说:"阿娇,长大了做什么?"

阿娇眨巴一下清澈的大眼,羞怯地说:"到大上海,也像姨娘你这样。"我心里就咯噔一下。我记起了槐根关于大上海的话,预感到又一个轮回开始了。

"小阿娇真乖。"小金宝意外得到了"姨娘"这个称号,高兴地对翠花嫂说:

"我喜欢这丫头,你男人要不死,再给我多生几个。"

翠花嫂垂下眼睛,没说话。

小金宝凑到翠花嫂的身边,问:"你住这儿几年了?"

"好多年了。"

小金宝放眼看了看远处,说:"这里怎么能住,闷不闷?我才来就闷死了,住长了可要出毛病的。"

"习惯就好了。"

"这里就一样好——"小金宝伸过头来,压低了声音说,"偷男人方便。"

翠花嫂红了脸,说:"小姐……"

小金宝自己先笑了,咧开嘴说:"反正没人,多自在,多痛快?一天偷一个——你明天就偷。"

翠花嫂的目光羞得没处放了,低着头说:"小姐,怎么能说这种玩笑话。"小金宝却认真了,说:"什么玩笑,我可不开玩笑,你要不敢,我叫人来偷你,怕什么,你反正不是黄花闺女。"

翠花嫂实在羞得不行了,回过头。她一眼睛见了阿娇,阿娇正专心地听她们说话。

翠花嫂有些恼羞成怒，对阿娇说："去去去，一边去。"

阿娇笑了笑，走到了我的身边。小东西是个人精，她好像什么都明白。阿娇拉着我的手说："我带你去抓鱼。"

三

小金宝这人，就这样，什么事来得快，去得也快。对谁都这样，对什么事都这样。你想想，槐根的事多大，离开断桥镇前的那个晚上她是什么样，可一见到老爷，她又换回去了。她这个人，面孔太多，要想找一副永久的面孔把她固定起来，就难了。她这样的人，大上海摸爬滚打出来的，总想着能让自己和世道靠近起来。世道是个什么东西？什么东西比它变得还利索？小金宝的亏在这上头可是吃大了。不过我倒是实实在在地觉得，她这人不坏。至少我现在来看是这样。有些人就这样，小时候看着他恨不得拉尿离他三丈，可老了回忆起来，觉得他比大多数人真的还要好些。

百无聊赖的小金宝领着我来到了小岛南端。芦苇茂密而又修长，像小金宝胸中的风景，杂乱无章地摇曳。一条乱石小路蜿蜒在芦苇间，连着一座小码头。小金宝意外地发现岛南的水面不是浩淼的湖面，而是一条河，四五条马路那么宽。对岸山坡上的橘林一片葱郁，半熟的柑橘悬挂于碧绿之中，密密匝匝，有红有绿。小金宝说："那是什么？"我告诉她说："橘子。"

一条小船靠在小码头旁的水湾里头。小金宝对着小船望了好半天，突然说："臭蛋，你会不会划船？"我猜出了小金宝的心思，点了点头。小金宝使了个眼神，两个人弯着腰，神神叨叨解开桩绳。我把竹篙子插到船头的底部，一发力，小木船就飘了出去。我手执竹篙，身体在空中划了一道弧线，稳稳当当落在了船头。

两个人还没有来得及高兴，芦苇丛中突然横出一条小舢板。划船的是一个二十来岁的小伙子，面色严峻，一身黑，左脸长了一只黄豆大小的紫色痦子，头上戴着一顶苇皮草篷。小伙子说："回去。"小金宝紧张地问："你是谁？"小伙子说："你们回去！"小金宝呼地就站起来，木船一个晃动，小金宝的小姐尊严没能稳住，不得已重又蹲下身去，大声说："知道我是谁？"紫痦子对她是谁不感兴趣，只是绷着脸说："老爷说了，他不发话，谁也别想来，谁也别想走。"小金宝指着小岛大声说："这是哪儿？你当这是坟墓！我又不是埋在这儿的尸首！"紫痦子绷着脸说："回去。"

又是一轮孤月。又是一个寂静空洞的夜。芦苇的沙沙声响起来了。这种声音渲染放大了小金宝的虚空。她望着灯芯，灯芯极娇媚，无法承受晚风之轻，它的腰肢绵软地晃动，照耀出小金宝眼风中的失神与唇部的焦虑春情，小金宝在过道里站了片刻，阿贵远远地坐在阳台上。小金宝四处打量了一回，一个人走向南面的草地了。我正在厨房里认认真真地抠着脚丫，小金宝刚过去不久我的房门就被打开了，进来的却是铜算盘。铜算盘进屋后四处张了几眼，从墙根处取过一把绛红色的油纸伞，塞到我怀里，说："跟过去。"我看了看窗外，不像是下雨的样子，铜算盘一定看出我的愣神了，小声说："岛上水汽大，别让小姐在夜里受了凉气。"我听得出铜算盘的话不全是实话，可我不敢多问，翻了他一眼，抱了雨伞跟在小金宝的身后走出去了。

　　翠花嫂家的大门关死了。只在窗口漏出几点光亮。小金宝沿着光亮走过去，突然听见屋里传出了极奇怪的鼻息声。这个在床上床下爬滚多年的女人从这阵鼻息里敏锐地发现了情况。她小心地贴墙站住，蹲下来，从地上拾起一根小竹片，悄悄拨开了窗纸。小金宝的目光从小洞里看过去，只看见翠花嫂的脸和她的衣领。她的衣领敞开了，肩头却有一双手，很大，布满了粗糙血管。那只手不停地给翠花嫂搓捏，关切地问："是这儿？这儿？好点吗？"翠花嫂半闭着眼，她的脸半边让灯光照红了，另半张脸在暗处，但滋润和幸福却满脸都是。翠花嫂一定让那只手捏到了舒服处，嘴里不停地呻吟。

　　这个巨大发现令小金宝激情倍增，她兴奋无比地把一只眼对着那个洞口，贴得更近了。那双手离开了翠花嫂的肩，那个人也绕到翠花嫂的面前来了，小金宝明白无误地看见了一个男人的背影。男人正脱下灰条子上衣，露出结实的背。翠花嫂的脸对着窗户，她的一双眼在灯光下有意思了，烟雨迷蒙起来。翠花嫂把手放在男人的前胸，说："怎么来这么早，岛上来人了，你怎么来这么早？"男人没有说话。小金宝看见男人抬起了两条光溜溜的胳膊，开始解翠花嫂胳肢窝下面的第一只纽扣。小金宝随着男人的胳膊慢慢把手向胸前摸过去。她的胸无端端地起伏起来。她站起了身子。我看见小金宝的身体直直地僵立在灯光前面，心里禁不住紧张，但又不敢上去，死死咬住一只指头。我看见小金宝走到了门前，寂静的夜里突然响起了两声敲门声。"——谁？"屋里传出了翠花嫂的声音。"是我，"小金宝说，"你别熄灯，是我。"门里就没了声音了。好半天屋里才说："什么事小姐？明天再说吧。"小金宝说："你在数钱吧，我不跟你借钱的。"门好不容易开了一条缝，翠花嫂端着油灯站在门口，一手扶着门。小金宝一眼就瞟见翠花嫂上衣纽扣扣错了地方，故意装着没看见，小金宝在灯光下粲然一笑，说："还没睡哪。"翠花嫂说："就睡了。"小金宝死皮赖脸地挤进去，在灯光底下可怜巴巴地突然叫了一声"嫂子"。"嫂子，"小金宝娇媚媚地说，"陪我说说话。"翠花嫂紧张地立在那里，想四处张望，却又故作镇静。小金宝看在眼里，喜在心头，却慢慢地坐了下去。翠花嫂"嗳"了一声，却又说不出话来。翠花嫂说："我，我哪里会说话。"小金宝笑眯眯地望着翠花嫂，斜了一眼，拖着声音说："嫂子，你瞧你。"就这么和翠花嫂对视，翠花嫂慌神了，小金宝双手撑在大腿上，慢腾腾地站起来，说："嫂子不想理我，就算了。"说着话就往门口走。翠花嫂松了一口气，小金宝却又站住了，回过头从翠花嫂的手里接过小油灯，说："都忘了，我跟嫂子借件衣裳，好不好？"小金宝端着灯竟直愣愣地朝翠花嫂的房间走了过去。小金宝走到房门口，一眼就看见了搁在小方凳子上头的灰条子上衣，肩头打了一只补丁。她立住脚，翠花嫂还没有开口，小金宝笑着却先说话了，说："你瞧我，城里头过惯

169

了，一点也不懂乡下的规矩，怎么好意思进嫂子的卧房？"翠花嫂听这话僵硬地笑起来，说："进来坐坐吧，进来坐坐吧。"她这么说完了才发现自己的一只手早就撑在门前了，堵得结结实实。小金宝通情达理地说："不了，嫂子给我随便拿一件吧。"翠花嫂的房间里咕咚响了一阵，小金宝站在堂屋里，捂着嘴只是想笑，翠花嫂慌乱了半天，唠唠叨叨地说："找到了，找到了。"小金宝接过上衣，故意慢吞吞地打量了一回，正过来看，又反过去瞧。"针线真不错，嫂子的手真巧，"小金宝说，"我要是男人，就娶嫂子，才不让野男人抢了去！"

小金宝从翠花嫂家出来时拎着上衣开心地狂舞。我蹲在草地上，弄不明白什么事会让小姐这么开心。小金宝走到我的面前，紧闭着嘴只是闷笑。阿贵这时候从远处走了过来，把我们吓了一大跳。阿贵低声说："怎么了，发生了什么事？"小金宝不理他，一手捂着嘴一手拉着我就往大草屋奔跑，我回了一次头，看见阿贵的身影像故事中的鬼魂，开始在草地上晃动。

小金宝进屋之后我的眼睛差一点炸开了。我怎么也没想到我竟然在这个夜里、在这个小岛上看见郑大个子。我收好雨伞，走到窗口，意外地发现阿贵从翠花嫂那里回来后正在与一个大个子耳语。大个子的影子很黑，但看得出梳了个大背头。他一边点头一边听完阿贵的话，转过身带了几个黑影朝南边走过去了。他一走动我就认出来，就是郑大个子。到了这个份上我也才想起来，前天晚上在老爷屋里的巨大黑影正是郑大个子。他一直就在这儿。他到这里干什么？岛上到底要发生什么事？

小金宝似乎睡得不错,一早上起来神清气爽。她没有在屋里洗脸,一直走到了湖边。她在湖边清洗完毕,开开心心地沿着栈道往这边走。阿贵和阿牛正在阳台上小声说话,阿贵不停地用手比画些什么,神情有点紧张,阿牛只是不住地点头。

我提着一只布包站立在老爷的房门口。过了一会儿铜算盘从门里侧着身出来。他随手关上门,从我的手里接过东西。我陪铜算盘走上栈道,小金宝迎了上来。小金宝冲着铜算盘不解地问:"这是上哪儿去?"铜算盘赔上笑说:"小姐,老爷吩咐我先回上海,办点事。"铜算盘想了想,关照说:"小姐,你让老爷再静养几天,过两天老爷就要回去了。"小金宝听了这话脸上就有颜色,没有说话,只是往前走,快靠近老爷房门时小金宝大声说:"都走光了,让我一个待在坟墓里头!"她的口气里带着很大的怨气,我猜想这句话是冲着老爷的耳朵去的。铜算盘走到芦苇丛边拍了两下巴掌,一条小舢板就漂浮过来了。

那时候我们都蒙在鼓里。其实铜算盘回上海是一个极重要的迹象:在老爷与宋约翰的这场争斗中,老爷即将"和牌"了。这句话也可以这样说,小金宝的命运已经全安排好了,只是方式和时间问题。老爷和宋约翰之间的斗法,我这辈子可能也弄不清楚了,我能知道的只是眼前的事。铜算盘刚一走,岛上就出事了。

太阳偏西了,照耀出秋日苇叶的青黄色光芒。天空极干净，没有一丝云尘，蓝得优美、纯粹，蓝得晴晴朗朗又湿湿润润。天空下面的湖面碧波万顷，阳光侧射处如一张巨大锡箔，反弹出水面的活泼波光。

阿娇和我蹲在码头洗衣裳。我们的举手投足里夹杂了劳作与游戏的双重性质，水珠子在我们的手边欢愉跳跃。小金宝穿着翠花嫂的旧衣裳从栈桥上走了过来。步履里充满了女性有关陌生服装的新鲜感与满足感。小金宝一路走到码头，笑盈盈地望着我和阿娇。阿娇一抬头就从小金宝的身上看见了阿妈的衣裳，顿时觉得这位姨娘和她靠近了，乐得咧开了嘴，露出一口雪白的小米牙。阿娇说："姨娘，你怎么穿我妈的衣裳？"小金宝问："好不好看？"阿娇说："好看。""像不像你阿妈？"小金宝走得靠近了些，大大咧咧地说："阿娇，往后就叫我阿妈，见了你妈叫姨娘。"阿娇笑着用胳膊肘捂住嘴，幸福地瞟一眼我，在胳膊肘里说："我不。"

我低下头又搓一阵衣裳，拧干净，放到竹篮里头。阿娇突然说："姨娘，你教我唱歌吧，臭蛋哥说，你歌唱得好。"小金宝瞄了我一眼，哄着阿娇说："臭蛋骗你呢，我那是瞎闹，唱得不好。"阿娇走上来拽住小金宝的上衣下摆，说："姨娘你教我。"小金宝坐下来，说："唱歌呢，要唱那些心里想唱的歌，要唱那些干干净净清清爽爽的歌。阿娇你喜不喜欢唱歌？"阿娇说："喜欢。"小金宝说："那你就唱给姨娘听，唱得清爽、干净，姨娘就教你。"阿娇有些忸怩，小金宝顺手掐下两根黄黄的狗尾巴草，给阿娇做成两只小手镯，套在阿娇的腕弯上。阿娇羞得很幸福，看了我一眼，唱道：

摇啊摇，摇到外婆桥。

　　阿娇会唱这首歌出乎我的意料。这样的歌在我的家乡人人会唱，我一直以为它就是我们家乡的曲子，没想到小阿娇也会唱。

　　更出乎我意料的是小金宝也会唱。

　　小金宝给我使了个眼神，用巴掌打起拍子，我也只好参进去，三个人一同唱起了这支歌：

　　摇啊摇，摇到外婆桥，
　　外婆叫我好宝宝，
　　又会哭，又会笑，
　　两只黄狗会抬轿。
　　摇啊摇，摇到外婆桥，
　　桥上喜鹊喳喳叫，
　　红裤子，花棉袄，
　　外婆送我上花轿。
　　摇啊摇，摇到外婆桥，
　　摇啊摇，摇到外婆桥。

　　小金宝打着拍子，脸上笑得又灿烂又晴朗，是我从来没有见过的那种，是从心窝子里头流淌出来的那种，是干干净净清清爽爽的那种，如同水往低处流一样顺畅柔滑，不可遏制。我望着小金宝，放松了，小公鸡嗓子也加大了。小金宝的双唇一启一闭，没有声音，但我知道她唱得一个字都不错。这时候太阳极柔和，在夏末的植物上打上了一层毛茸茸的植物光晕。刚打苞的芦花花顺着风的节奏飘动起来，又柔又韧，一副不愁吃不愁穿的悠闲模样，幸福得要死。

　　阿娇唱完了就羞得不行了。她扑到小金宝的怀里，说："姨娘你教我唱大上海的歌。"小金宝疼爱地摸着阿娇的头，喃喃自语说："阿娇唱得好，比姨娘唱得好，阿娇你唱得真好。"小金宝的神走远了，我怎么也琢磨不透这个凶狠的女人这会儿在想些什么。她就那样散了神，抚摩着阿娇的头，嘴里重复着那句话。她的这种样子反而让我感到不踏实。习惯了她的立眉竖眼，她这样温柔起来反而让人觉得不踏实，好像要发生什么大事情。

　　出于一种神示，或者说出于我对意外事件的强烈预感，可怕的事情说来就来。我从小金宝的脸上移开目光，看着码头旁的清冽水面。这一眼要了我的命，我脸上的笑容还没有来得及退却就僵在了那儿。我看见了两条腿。是死人的两条腿，正在水面缓慢地随波逐流。小金宝从我的脸上立即发现了异样，她本能地搂紧阿娇，回过了头去。小金宝一回头整个湖面哗啦一下就倾斜了过去。小金宝一把拉过我，把两只小脑袋一同埋在了她怀里，小金宝再一次回过头，尸首漂过来了，卧在水上，手脚全散了架，漂漂浮浮。尸首的身上穿了一件灰条子上衣，右肩上打了一块灰布补丁。小金宝猛然张开嘴，脸上就天黑了。

第 十 章

一

我都没有弄明白那具尸首是谁。从河边回来小金宝就把自己关进了房间。小金宝安静了,大草屋也就安静了。整个孤岛都一起安静了。

黄昏时分小金宝开了门。出门时脸不是脸嘴不是嘴。我在门缝看见了她的一脸死相。我从门缝后头猜测她的心思。翠花嫂送晚饭来了,我听得出她的脚步。她拉开门,留出一颗脑袋的缝隙。小金宝和翠花嫂就在这个观察点里打了个照面,两个女人的这次照面在我的眼里都有些猝不及防。翠花嫂对小金宝点头一笑就低下了脑袋,似乎很不好意思。翠花嫂走过时只用眼睛瞄着小金宝的脚尖。翠花嫂低下头,小金宝这才想起来补一个笑脸,笑得极快,极短暂,稍纵即逝,但翠花嫂已经走过去了。小金宝点头一笑过后也没有再看翠花嫂,目光中气不足,又陷入了先前的恍惚。翠花嫂刚一走过小金宝就把门掩上了。我感觉到不对,怕惹出什么事,也忙着把脑袋收了进来。

小金宝没有到阿贵的房间里吃晚饭。我吃完饭给小金宝盛了一碗，是稀饭。我把饭碗放到小凳子上，小金宝只用筷子挑了几下，推开了，掉过头去。这样坐了很久。我看见小金宝呼地一下站起了身子，直冲老爷的房门。我站在过道里预感到要发生些什么，便走进了自己的屋子。老爷的门不久被敲得震天价响，是那种不恭不敬的放肆响声。我坐到床上，把身子贴在了木墙上，眼睛在耳朵里瞪得滚圆。门打开了。

但接下来便没了响声。这次寂静的过程极其漫长。很久之后才传出老爷的一句话，老爷拖了腔说："我的钱，正过来是我的面子，反过来还是我的面子！"我听得出老爷的声音有些不耐烦，随后便没了声息。又过了一刻老爷拖了腔说："你说怪谁？这种事你说能怪谁？——要真的怪谁，还得怪你，你晚上要是不乱跑乱动，我还不知道那边有人呢。"

接下来又好一阵沉默。我猜不出小金宝在一阵沉默过后说了一句什么。这一句话声音不太大，但一定戳到老爷的疼处。老爷"咣当"一声扔掉了手里的瓷器，瓷器碎片在老爷屋子里四处飞迸。老爷怒吼道："拉屎把胆子拉掉了，谁敢对我这样说话！"

夜笼罩了孤岛。是大上海的夜色笼罩了孤岛。我听见小金宝从老爷的屋子里走了出来，由西向东。她的脚步声中有极大的破坏性，是那种贸然放肆的破坏性。我听见她一脚踢开了房门，我的耳朵被黑夜塞满了。

这样的夜谁能入眠？

说句实话，这么多年来我一直弄不清，怎么小金宝惹上谁谁就得倒大霉。她的身上长满了倒霉钩，她一动就把别人钩上了。你不喜欢她时她是这样，你喜欢她时她依旧是这样。我不知道她这辈子真正喜欢过什么人没有，在我的眼里她对桂香不坏，桂香立即死了儿子；她对翠花嫂也不错，翠花嫂一转脸就失掉了心上人。我不知道她的倒霉钩将会钩住什么。

黑夜的孤岛上水汽真大。小金宝的背影在这股潮湿的黑色中悄然走向了翠花嫂家。我拿着伞，沿着小金宝的背影跟了上去。翠花嫂家亮着灯，在这样的孤岛之夜那盏灯光给人以归家的感觉，我跟在小金宝身后，但不敢太靠近，我担心我一靠近反而招来厉声呵斥。

小金宝敲开门，微笑着站在翠花嫂的面前。她的脸上很清爽，看不出任何事情。翠花嫂热情得有些过了头，她端着灯一个劲儿地把小金宝引向屋内。

翠花嫂和阿娇正在编席。她们的屁股下面是厚厚的一叠。眉苇子都泡到了好处，又柔又韧，在手里欢快地跃动。小金宝咧开嘴，笑着说："正忙哪？"

翠花嫂放下灯就进了屋去，小金宝有些纳闷，弄不懂她慌里慌张做什么去了。翠花嫂出来时手里捧着一件上衣，不好意思地说："我正想给你送去，昨天你来借衣服，我头疼，也没给你挑一挑，这件好，你换了。"

小金宝怔了一下，接过衣服侧过了头去。阿娇在灯下对她一笑，她也就笑了一笑。小金宝想了想，说："今晚上你可要好好陪我说话了。"翠花嫂低下头，坐回到苇席上去，不敢看小金宝的眼睛。翠花嫂吞吞吐吐地说："昨晚上真是对不起小姐了，我有些头疼。"翠花嫂侧过脸关照阿娇说，"阿娇，睡觉去。"阿娇撅着嘴，扭了扭屁股，不愿意。小金宝笑笑说："我也常头疼的。"翠花嫂抬起头瞥一眼小金宝，又笑了一回，眉不是眉眼不是眼。

"你今年多大了？"小金宝问。

"属马。"

"你怎么老成这样？"小金宝说，"你还是我阿妹呢！"

"老点好，老了蚊子咬不动。"

"你怎么不改嫁？"

"小姐又瞎说了，又不是城里头。"

"心里头有人了吧？"

"小姐就喜欢拿我取笑。——阿娇，去睡觉！"

"我就不信，嫂子这样，就没男人喜欢？"

"小姐……"

"我给嫂子说一个。"

"姨娘，我阿叔喜欢我阿妈。"阿娇突然插话说。

"阿娇！"

小金宝点点头，目光却散掉了。

翠花嫂见瞒不过去，也就不瞒了。翠花嫂低下头，低声自语说："其实吧，也不是外人，就是死鬼他三弟。"

翠花嫂脸上溢出来的幸福光彩一点一点刺进了小金宝的心窝。

"人呢，倒不错，就是太木，也没什么大本事——他还嫌我不是黄花闺女呢，我就开导他，是你亲哥哥，又不是人家，肉还不是烂在自家锅里！他一听，也就不提这事了。"

"你们什么时候成亲？"

"死鬼去了三年了，"翠花嫂想了想，说，"个把月后，我也给他守了三年寡了，再有个把月，我也不住在这个鬼地方了，就跟了他，到镇上去了。"

小金宝一把捂住了翠花嫂的手，一时却又说不出话来。"……等你成亲，告诉我一声，我送你两床缎面被子，两只鸳鸯枕头，把你的屋子里插满红蜡烛，贴满红双喜，到处红彤彤亮堂堂的，到处喜气洋洋的。"小金宝望着小油灯，目光有些收不拢，小金宝的脸上渐渐失去了刚进门时的好兴致，脸上疲乏了，弥漫出一股青灰的光。"要不我送嫂子一件白婚纱，最好的白婚纱，法国料子，毛茸茸的，让两个穿西服的童男子拖着纱脚，一路都是鲜花、马车，还有好听的歌，一直通到大教堂去。"

"小姐！"翠花嫂的脸上难看了，翠花嫂顺下眼皮说："小姐可不要拿我们这样的人穷开心。"

小金宝的目光却收不回来了，她一把抓住翠花嫂的胳膊，自语说："女人家，谁不想当新娘，当多少回也值得。"

翠花嫂拎着眉苇子，没有接话茬。

"我要能像你，在岛上有人疼，有人爱，平平安安过一辈，有多好。小姐还没有成亲？"

小金宝"唉"了声，脸上走了大样。她的泪水涌了开来，在小油灯下默然一点头,不吱声了。

"小姐这个岁数,也该嫁了。"翠花嫂说,"我第一眼见到你,就猜你命不顺……"

"我不知道,我还能不能成亲……"小金宝的泪在往外涌,她用力忍住,失神地说。

"小姐怎么说这样的话?"翠花嫂用眼睛骂她了,"女人的命,是等的命,什么事都要等,全靠等,只要你真心,耐着性子等,苦苦地等,慢慢地等,好运道总会来到。"

"嫂子!"小金宝失声扑进了翠花嫂的怀里,身子弓成了一只虾米。小金宝说:"嫂子……"

翠花嫂抱着小金宝,抚着她的头,轻声说:"阿妹。"

小金宝的两只胳膊无力地沿着翠花嫂的肩头向上攀缘,十只指头一起乱了方寸。

"嫂子……"

"你不要太伤心,你看看我,那时候……真像死了一样,现在不也好了,阿妹,慢慢等。"

阿娇瞪大了眼睛,似乎吓着了,呆呆地望着这边。

我坐在门外,怀里抱着雨伞。我弄不懂两个女人哪里有这么多的话要说。她们安顿了阿娇,头靠着头,守在小油灯底下,就这么在夜的深处说着。她们说话的声音极低,到后来只有她们自己听到了。我慢慢打起瞌睡,在门外睡着了。

翠花嫂开门时天已经大亮。她的开门声惊醒了我。翠花嫂手里端着灯,她是在看见东方的晨曦后吹灭手里的油灯的。我睁开眼,一缕弧形猩红正从东方的天边流溢而出,一副大出血的样子。一块云朵被烧得通红,使我想起了铁匠炉里烧得通红的铁片。太阳一点一点变大了,带着一股浓郁的伤心和绝望。小金宝和翠花嫂一齐望着初升的太阳,她们的脸上笼罩着血腥色,笼罩着倾诉了一夜过后的满足与疲惫。小金宝长长地吁了一口气,说:"多乖的太阳,我都十几年看不见这样的太阳了……"

我半躺在墙角。大地一片阴凉。我挪了挪身子,腿脚全麻了,站不起来。我的动静惊动了小金宝,小金宝回头时脸上吃了一惊。小金宝疲惫的脸上布满了疑虑。小金宝说:"你怎么在这儿?"我抱紧了雨伞,说:"外面水汽大。"小金宝半信半疑地望着我,不相信地说:"你在这里躺了一夜?"我点点头,我想应该是一夜。

小金宝走到我面前,拉我起来。她摸了摸我的头,带着一股很怪的表情。她的脸上全是太阳反光,那种古怪的表情也如同清晨一样清冽而短促。她背过身,对我说:"我们回去。"我听清楚了,她说,我们回去。我觉得她说的我们很好听,洋溢着小镇雷雨之夜她身上的温馨气味。

老爷出门吃早饭成了今天的开门彩。他一出门就显得容光焕发,老爷步伐矫健神采奕奕。阿贵、阿牛、翠花嫂、阿娇和我正在老爷对门的屋子里,围着桌子准备开饭。老爷的门打开了,老爷笑眯眯地凑上来,说:"今天有什么好吃的?"大伙一见是老爷,众星捧月喊了一大通老爷。翠花嫂第一次见老爷,有些紧张,顺了眼笑着说:"老爷早。"老爷的兴致极好,

181

说:"你就是翠花嫂吧?"翠花嫂听到老爷叫出她的名字,有些受宠若惊,说:"老爷怎么知道我的名字?"老爷大声说:"天天喝你熬的鱼汤,怎么敢不记住你的名字?"阿贵和阿牛就大笑,好像老爷的话句句都有天大的笑料。老爷说:"翠花嫂,等你什么时候有空,我派人接你到上海玩两天。——这是阿娇吧?"老爷转过脸问。老爷坐下来,把阿娇抱到自己的腿上,动作又慢又轻,看了好大一会儿,说:"小丫头多俊俏,跟小金宝当年一个样——小金宝呢?"老爷回过头关照我说:"去把小姐叫过来。"

小金宝已经来了,正站在门口。她的站样有些松散,两只手不撑也不扶,就那么垂挂在那儿,脸上是没睡好的样子,流溢出乏力浮肿的青色。老爷还是第一次看小金宝的农妇装扮,咧开嘴说:"嗯,你别说,你这身打扮还真是不错。"老爷回过头对阿贵说:"回头也给我找一件,我也再做一回庄户人。"阿贵答应过了。老爷说:"小金宝,你看看这孩子和你那时候像不像?"随后大声说:"来,认孩子做个干女儿。"阿娇从老爷的怀里挣脱开来,抱着小金宝的两条腿,仰着头就小声喊:"干妈!"小金宝极疲惫地一笑,样子有些凄艳。翠花嫂说:"阿妹,我给你炸了几个糍粑,凉了就不脆了。"小金宝没有动,只是低着头用手指顺阿娇的头发。翠花嫂一把拉过阿娇,对着老爷大声说:"还没有叫干爷爷呢!"屋里顿时静了下来。我在翠花嫂的身后轻轻拽了一把她的上衣下摆,翠花嫂以为自己挡住小金宝的路了,忙退回一步,笑着说:"小姐,你阿爸真好,一点没架子!"老爷大声说:"你们看看,不就成一家子了？"大伙又一阵哄笑，暗地里松下一口气。老爷坐下来，笑着说："吃早饭吃早饭。"没人敢坐。老爷说："不要拘礼了，随便坐。"阿贵阿牛歪着屁股坐到了老爷对面。小金宝站着没动，老爷说："吃饭了。"小金宝没好气地说："几天没刷牙了，嘴巴臭。"老爷挪了挪身子，依旧是一脸的笑。老爷用手指头轻轻点了点身边的凳子，声音里头却是威严。小金宝不敢违抗，走了过去。阿牛见小姐过来了，拍了个高级马屁，说："嘴巴臭有什么不好，就当吃臭豆腐，闻起来臭，吃起来香！"阿牛一说完自己先笑了，小金宝毫无表情地落座，阿牛见马屁没拍到位置，脸上极不自然，咧开一嘴大黄牙。阿贵见小姐的脸绷着，拉下脸说："笑什么？一嘴臭豆腐！"

　　翠花嫂给每个人盛上饭，老爷说："翠花嫂，中午杀两只鸡，下午我有客人来。"翠花嫂应了一声，老爷把嘴巴就到小金宝的耳边，轻描淡写地说："是约翰和郑大个子。"小金宝的肩头猛地一个耸动，她顺势一手端起碗，一手执筷。小金宝的这次细微惊慌瞒过了所有的人，却没有逃得出我的眼睛。小金宝的眼珠子从老爷那边移向了手里的稀饭，却又放下了，说："我不饿。"

　　郑大个子从小船舱里一出来就大呼小叫："他妈的，老子憋死了！"老爷和小金宝一副乡下人模样，站在栈桥迎候宋约翰和郑大个子的到来。宋约翰和郑大个子穿着渔民的旧衣，样子很滑稽。宋约翰没戴眼镜，立在船头弯着腿眯着眼睛四处张望。郑大个子把宋约翰扶上岸，宋约翰才摸出眼镜，戴上了。

183

宋约翰和郑大个子走到老爷面前,招呼过老爷。老爷笑得如一朵秋菊,满脸金光灿烂。宋约翰说:"大哥的伤怎样了?"老爷摊开双手,做出若无其事的样子来。宋约翰松了一口气,说:"这样就好。"郑大个子迫不及待地摸出一根粗大的雪茄,点上,美美地深吸一口。宋约翰望着小金宝的鞋尖,喊了声小姐。小金宝则微微一笑,说:"你好。"郑大个子大声说:"才几天,怎么客套起来了?"老爷背着手,望着宋约翰,轻声问:"那边怎么样了?"宋约翰从怀里掏出几张报纸,递到老爷面前。老爷一边看,一边满意地点头。郑大个子衔着雪茄,把手伸到裤带里去,说:"我这儿还有几张。"三颗上海滩的巨头就凑在了一处。老爷的后脑勺倾得很长。小金宝的目光如春草的气息慢慢飘向了老爷的脑后。宋约翰的眼睛敏锐地捉住了这股气息,目光就试探着摸了过来。他们的目光在老爷的后脑勺上轰然相遇,舌尖一样搅在一块。没来得及花前月下,就匆匆宽衣解带,颠鸾倒凤起来。老爷说:"干得好!"四条目光正搅到好处,宋约翰花了好大的劲才撕了开来,小金宝在另一处娇喘微微。这个慌乱的举动如风行水上,只一个轻波涟漪,即刻就风静浪止,默无声息了。

老爷把报纸折叠起来,郑大个子伸过打火机,啪一声点着了。老爷望着报纸一点一点变成灰烬,长长舒了一口气。三个人会心一笑,老爷说:"我这一刀子,值得!"郑大个子背着手,衔着雪茄阔步而行,大声说:"值得值得!"宋约翰说:"大哥,还是要多小心。"老爷拍着宋约翰的肩说:"多亏了你们两个。"宋约翰说:"都是按大哥的吩咐做了,主要是大个子。"老爷又拍了一回,说:"大哥我心里全有数。"

小金宝侧着身子,立在一边抿着下唇,胸口里的小兔子们又一阵乱跳。我站在阳台上,像二管家关照的那样,一一招呼了宋爷和郑爷。

我记得就是宋约翰和郑大个子上岛的这天夜里我的肚子开始疼的。肚子疼有点像天上的第一个雷,它说来就来。我想肯定是那个夜里睡在外头着了凉了。肚子疼得真不是时候,它发生在整个故事的最后阶段。然而,肚子疼得也是时候,要不然,许多大事我真的没法看得见。

小金宝在这一夜里没有睡竹床,而是卧在了地板上。半夜里小金宝伸出头,如冬眠的蛇那样伸出头,轻轻撑起上身,用耳朵四下打量一遍,站起来了。小金宝卷起被子,踩上去,朝门那边摊开来。她一边退却一边卷被子,再转过身,把被子朝门那边延伸。小金宝出了门,把门钩好,再用刚才的办法一步一步向东移去。到头了,小金宝没有从木质阶梯上下地,而是把被子轻轻丢在地上,再趴下来,吊吊虫那样爬了下去。

这个机密的动静本来完全可以避开我的,但我的肚子把我疼醒了。我捂着肚子意外地听到了动静。我不知道时间,只是看见小金宝的身影鬼一样飘了出去。我只好取过伞,往外跟,但我只走了两步就发现不对劲了,小金宝没有向南,而是朝东走进了芦苇丛。我弄不明白她走到那边做什么,屏住气,紧紧张张地跟了上去。

但我立即看到了一个黑影。那只黑影是从地上突然站立起来的,这个黑影吓了我一跳,我猜同样也吓了小金宝一跳。小金宝怔住了。不过小金宝似乎立即认出对面的黑影是谁了,我也认出来了,我是从那人脸上的玻璃反光认出他是宋约翰的。

两条黑影在芦苇丛中只静立了一瞬,就拥在一处,胡乱地吻了。夜风荡漾起来,芦苇的黑影在秋风中摇曳得极纷乱,鬼鬼祟祟又慌乱不安。小金宝的双臂紧勾住宋约翰的脖子,身体贴在了他的身上。宋约翰吻了一半就抬起头,机警地张望四周。小金宝张着的双唇沿着宋约翰的脖子努力向上攀援,喘着气用心追寻。宋约翰再也不肯低下头了,小金宝的喉咙里发出了焦虑喘息。宋约翰的双手托住小金宝的腰,用气声说:"老家伙是不是怀疑上我了?"小金宝用力甩动头部,嘴唇像雨天水面的鱼,不停地向上蹿动。"是不是怀疑我了?"宋约翰问。"我在等你,你爱不爱我?"小金宝的喘气声透出一股伤心热烈的气息。"我在等你,大上海我就剩下你这么一点指望了。""老家伙让我来干什么?"宋约翰急切地说。"我在等你!我天天在等你!"宋约翰极不耐烦这样的疯话,双手一发力,小金宝的下巴就让他推开了。这个推动过于生硬,小金宝突然安静了,下巴侧过去,放在了肩上。宋约翰公鸡吃食那样在小金宝的脸上应付了几下,哄着她说:"告诉我,是不是怀疑我了?"小金宝一把抓住了宋约翰的手,捂在掌心里头做最后一次努力,"我们走。"她仰着头说,"我们离开上海,你让我当一回新娘,我依着你一辈子!"

"你要到哪儿?"宋约翰问。

"随便到哪儿。"小金宝说,"只要能像别人那样,随便在哪儿我都跟着你。"宋约翰拥住小金宝,柔声说:"我会让你做新娘的,可不能随便在哪儿,等我把上海滩收拾了,我让你成为全上海最风光的新娘,你要耐心,你要听我的话——老东西到底让我上岛来干什么?"

"你烦那么多做什么?我们离开,我们一了百了。"

"他不会平白无故把我叫到这儿来,"宋约翰森森地说,"他一定有大事情——你是不是把我卖了?"

"我能卖谁?"小金宝凄然一笑,"我是卖到上海滩的,我能卖谁?"

"大个子是不是来过岛上?"宋约翰好像突然记起了一件事,有些突兀地问。

"他和你一起来的,我怎么知道。"

宋约翰意义不明地笑了笑,拥住了小金宝。他吻着小金宝的耳坠,小金宝站着没动,平静地望着他处。"你尽快给我弄清楚,"宋约翰说,"你明天一定要给我弄清楚。"

"好,"小金宝说,"我天亮了就问老爷,你知不知道你的兄弟想抢你的椅子,他还抢了你的床!"

宋约翰不吱声了,他的嘴巴堵住了小金宝的双唇。这次封堵很漫长,宋约翰的双手爬上小金宝的胸脯,小金宝感觉到自己的胸脯不争气地起伏了。我蹲在远处,看见两条黑影慢慢倒在了芦苇丛中。我听见了两个人无序有力的喘息,他们的喘息此起彼伏,在黑寂里像两条耕地的水牛。

我捂紧了肩,夜里真凉。

第二天我开始了拉稀。我什么也没有吃可就是不停地拉。我也不知道怎么回事,肚子里怎么会有那么多东西拉出来,我担心这样拉会把自己全拉出去的。我拉了一趟又一趟,拉回来之后就软软地倒在床上。中午时分小金宝来到了我的床边,她脸上的气色因为一夜的折腾变得很坏,但我想我脸上的颜色一定比她更糟。我们两个病歪歪地对看了一眼,小金宝说:

"你怎么回事?"

"我拉肚子了。"

"你瞎吃什么了?"

"我没有瞎吃什么。"

"好好的怎么会拉肚子?"我不再说话,她这样的话听起来叫我伤心。我望着她,她也就无声地望着我,再后来她好像想起了什么事。小金宝不声不响地走到灶前,点上火,开始烧水。我倒在床上,望着她烧火的样子,觉得她实在是太笨了,烧水这样的事都做不好。但她烧火时的模样实在是好看,炉火映在她的脸上,实实在在的就是一个村姑。我看着她的样子,觉得"逍遥城"里的一切真的都是梦。

我又要拉了,匆匆下了床出去。草草处理完毕我只得再一次捂着肚子回来。阿牛和阿贵坐在栈桥上吸烟,阿牛跷了一只脚,对我大声喊道:

"臭蛋,你一上午都拉了几趟了?"

"六趟。"我嘟囔说。

"下次给我走远点,"阿牛大声对我说,"你自己也不闻闻——这屋前屋后你摆了多少摊了?再乱拉,小心我揍你!"

我点着头，小心地上了栈桥。其实我不点头也像是在点头。我的肚子里全空洞了，走起路来像鸡，头也就一点一点的。

我进屋的时候小金宝的手里正握着一把菜刀，她用菜刀的刀把碾碎大盐巴，碾好了，把刀放在了灶台上，然后把盐末放进碗里去，舀出开水。她一只手拿一只碗，两边对着倒，一边倒一边吹。我不知道她在干什么，我只是觉得她上锅下厨时的样子像我的姐。她把水弄凉，端到我的身边，说：

"喝了。"

"我不渴。"

"喝了，"小金宝拉着脸说，"再拉，你就走不动路了。——是盐水，全喝了。"

阿牛和阿贵恰巧走到我的门口，阿牛看见我在喝水，倚在了门口，说："好你个臭蛋，你还在喝？你还想拉到什么时候？"

我望着小金宝，不知道该说什么。

小金宝的两只手也抱到了胸间，一步一步走到他们面前，一副成竹在胸。她瞟了一眼阿贵，眨巴一下，又傲气十足地把眼珠移向了阿牛。"阿牛，"小金宝说，"你是怎么说来着？怎么着臭？怎么着又香了？你再说给我听听。"阿贵一听这话捂着嘴就要笑，阿牛猛一回头，恶狠狠地盯了他一眼。小金宝送出下巴，笑盈盈地说："说。"阿牛舔舔嘴唇，说："闻起来臭，吃起来香。"小金宝鼻孔里冷笑一声。"好你个阿牛，"小金宝说，"你讨了便宜还卖乖！"小金宝忽地就拉下一张脸，骂一声"下作",张开胳膊,一手拉过一扇门,"乓乓"就两下,关死了。

夏末的夜晚入了夜竟有些秋意了,云朵大块大块地粉墨登场。月亮照样升起,一登台就心神不定,鬼鬼祟祟地往云后钻。月亮在云块与云块的裂口处偶一亮相,马上又背过身去,十分阴险地东躲西藏。秋虫们很知趣,该在哪儿早就蹲在了哪儿,大气不敢出。月亮在黑云的背面寓动于静,如不祥的预感期待一种猝然爆发。

我又捂着肚子下床了。老爷的房间里传出零乱的洗牌声。老爷的一阵大笑夹在牌声里,是那种杠后开花式的大笑。我愣了一会儿,阿牛跟在身后,小声对我说:"走远点,给我走到水边去!"我不敢违抗,黑头瞎眼直往水边的芦苇丛中钻。芦苇丛一片漆黑,仿佛里头藏了许多手,随时都会抓出来。我犹豫了片刻,有点怕,不敢弄出声音,蹑手蹑脚才走了两步,就在芦苇丛边蹲下了身去,我蹲下之后刚才的急迫感反倒荡然无存了,我就那么蹲着,想一些可怕的场面。这时候一颗水珠掉在我的脸上,随后又是一颗。我伸出手,夜雨就凉凉地下了。

一个男人的说话声就在这时响了起来。声音不大,但在这样的时刻我听上去如雷轰顶。"妈的,下雨了?"一个男人在芦苇丛里说。我的后背猛然间排开了凶猛芒刺,我的手撑在了地上,嘴巴张得像狗一样大。我不敢动,不敢碰出半点声响。

"下雨好。下雨天办事,我从来不失手。"

"宋爷怎么了？怎么想起来杀小金宝？"

"你别管。两点钟小娘儿们一进来，你就上，用绳子勒。"

"宋爷说用刀子的。"

"你别管，细皮嫩肉的，弄破了还有什么意思？"

"雨再大，我们躲到哪儿？"

"躲到水里头。"

我如一条蛇开始了无声爬动，爬得极慢，极仔细，爬一阵停一阵，再仰起头吐一吐蛇芯子。我大口地喘气，心脏在喉咙里无序地狂跳。我爬了一路。雨点大了，天破得如一只筛子。我匍匐在草地上，四只爪子慌乱地舞，快到大草屋时我趴在了地上，静了一会儿，站起身，一起身就对了大草屋撒腿狂奔。

二

我推开门，整个大草屋"砰"地就一声，我没来得及站稳身体就被门后的两个男人摁住了。小金宝坐在对门。老爷、宋约翰和郑大个子同时回过来三张惊愕的脸，我喘着大气，一身的泥浆，两只手全剐破了，血淋淋地在胸前乱比画。"小姐！"我上气不接下气地说，"芦苇丛！芦苇丛！两点钟，你千万别到芦苇丛！"

小金宝飞速瞟一眼宋约翰，呼地站起身，厉声说："你胡说什么？"

"是真的。"我急迫地辩解说，"来了，宋爷派人来了，要杀你，芦苇丛！"

191

郑大个子从桌面上抽回手,插进了口袋。

我挣扎了两下,身后的手却摁得更紧了。老爷给了一个眼色,那双手便把我推到老爷的面前。老爷说:"把他放了。"老爷的目光一直穿透到我的瞳孔的最深处。我没见过老爷这样生硬坚挺的目光,不敢看了。"臭蛋,"老爷说,"望着我——你重说。""我拉肚子,芦苇丛,有人说话。一个说,下雨了。另一个说,下雨好。一个说,宋爷怎么了,要杀小金宝。另一个说,两点钟,小娘儿们一来,用绳子勒。一个说,宋爷叫用刀。另一个说,弄破了没意思。"

老爷点点头,要过我的手,正反看了一遍。又要过另一只,正反也看了一遍。老爷的脸上没有表情,但眼睛里头上知天下知地了。老爷只是伸出手,平心静气抓过一张牌。

我不敢吱声,偷看了一眼宋约翰。他的眼睛正对着我平心静气地打量,然后,小心地移到了老爷的脸上。小金宝一动不动,眼里空洞了,像极干净的玻璃,除了光亮,却空无一物,她就用那种空无一物的光芒照射宋约翰。只有郑大个子显得高度紧张,两只眼珠子四处飞动。

老爷的牌放在手上,转动着敲打桌面,却不打出去。整个小屋里就听见老爷手上的牌与桌面的敲击声,空气收紧了,灯里的小火苗都快昏过去了。老爷粗粗出了一口气,看着桌面说:"小金宝和余胖子的事,今天在场的可能都听说了——没有不透风的墙,我这张脸算是丢尽了。"老爷抬起一双浑浊的眼伤心地望着宋约翰,说:"我知道你对大哥的一片心,可我舍不得,你先放她这一马。"老爷把牌打出去,说了声二条,询问宋约翰说:"你派了几个兄弟?"

宋约翰有些摸不着底,犹犹豫豫地说:"十八个。"

老爷望了望小金宝,慢吞吞地说:"你瞧瞧,十八罗汉都给你用上了。"

小金宝的双手扶着牌,不动了,脸上却有了笑意,怪异而又妖娆,在小油灯的那头楚楚动人。宋约翰低下头,稳一稳自己,从一二三条中间抽出二条,冷静地打出去,说:"跟大哥。"郑大个子懵里懵懂地伸手去抓牌。小金宝用手拦住,笑开了,虽没有声音,却咧开了,脸上的样子像自摸。"宋爷,"小金宝说,"光顾了跟大哥,都当了相公了。"宋约翰一凝神,缓过神来,掩饰性地跟着就笑,笑得太快,太仓促,都不像笑了。头上竟无端地晶亮起来。郑大个子看着老爷,越来越觉得不对,满脸狐疑,随便抓过一张,只看了一眼又随随便便打了出去。轮到小金宝了,小金宝却不出手,她就那么对着宋约翰笑,痴了一样,让所有的人害怕。她的目光与笑容如入无人之境,蛇一样在宋约翰的眼前无声缠绕。她从自己的牌里夹出一张,用中指和食指夹出来,以戏台上花旦的手型把自己的牌撂在了宋约翰的那张"跟"牌上,指头修修长长而又娇娇柔柔,也是一张二条。随后就把手指头叉在一处,搁到下巴底下。"我跟你。"她对宋约翰撒了娇说。宋约翰的头上慢慢排了一行汗珠,但他毕竟心里有底,显得并不慌乱。宋约翰沉沉着着地摸出手绢。"宋爷,你出汗了,"小金宝说,"都说吉人自有天相,你的额头的汗珠排得都有样子,是一把通天和,小七对呢。"宋约翰把手绢团在手心说:"小姐也当相公了。"小金宝的笑容如同橘灯的最后一阵光亮,在凄艳之后缓缓退却了,眼里恢复了先前的空洞,目光也收了回去,眼里的泪却一点一点变厚。"我哪里是当相公,"小金宝噙了两颗大泪珠子说,"我是当婊子!"

我立在一边,看不出头绪。老爷侧过头,和颜悦色地对我说:"臭蛋,去睡吧,这里没你的事了。"

小金宝却把我叫住了。她从手里抓了一撮子洋钱,塞到我的手上,看了我一眼,说:

"去睡吧。"

我刚出了门,木门迫不及待地给关紧了。所有的人和所有的事全关在了里头。我没有走回厨房,一个人走到草地上解下裤子,蹲了下去。老爷的房门关得很紧,屋里安静得听不到一丝声音。仿佛是一座空屋,没人了,只有门缝里杀出一条扁扁的光,看起来特别地刺眼,那道光如一把利刀把外面的黑色分成了两半。

一队黑衣人从过道里快步向芦苇丛跑去,他们走过那条光时手里的家伙通通一闪。

我知道小金宝不会挨刀子或挨绳子了。但我突然记起了小金宝刚才的表情,她似乎知道这件事,她似乎很害怕我当着那么多人说出这件事。我的手里握着银洋,我感觉到了银洋的潮湿。

天边滚过又一个雷。大雨就要来了。

我不知道自己睡着了没有。我是在听到外面一阵急促的脚步声后坐起身子的。我听得出脚步很乱,脚也出乎意料的多。

草地上一定积满了水，急促的脚掌踩在草地上一路发出吧叽吧叽的水声。我下了床，打开门，过道里没有一线光亮，所有的房间全黑透了。这样的场面不同寻常。我倒吸一口气，隐隐约约看见草地上有人正拖着东西往东边的远处去，被拖着的东西像人，是死去的人。我伸出头，深夜大雨如注。远处有一盏孤灯。灯光下站着高高低低的人们。

我不敢在这里久留。我走进了雨中。沿着灯光小跑而去。满地的尸体被人拖着飞跑。灯光越来越清晰了，老爷挺挺直直地站在一张雨伞下面，站得很高，他的脚下是一片新翻的泥土，身后是郑大个子。几个男人从地下的大土坑中钻出来，雨网使他们的黄色背脊恍如梦景。他们把大铁锹插在地上。这时候一路尸体正好拉过来。人们闪开道，尸体在老爷的面前横得到处都是。

但这次闪道给了我极意外的发现。我借着这道缝隙看见了五花大绑的宋约翰，离老爷五六丈远。我正想上去看个究竟，一只手拽住了我。阿贵正在这里守戒。阿贵说："别动，再过去你就没命了。"

宋约翰站在雨里，四周没有人说话，气死风灯的残光团中，一条一条的雨丝格外清晰。宋约翰站得很直，也很稳，他再也没有风流倜傥的斯文模样了，头发被淋透了，西瓜皮一样贴在了脑袋上。

老爷望着他，一言不发。

宋约翰只是盯着郑大个子，宋约翰说："大个子，你怎么忘了上海滩是谁的了？姓唐的还能有几天？"

"我怎么会忘?"郑大个子说,"上海滩怎么弄,当然是你的主意好,可老大必须是大哥,这是一条死理,谁要想对大哥有二心,他是神仙我也得和他对着干。"

"你是一头猪。"

"猪又怎么了?大哥让我做,我就做,像你这样不仗义,要我做人我都不做!"

"姓宋的,"老爷笑着说,"这回你可花了本钱了,想当年在十六铺那阵子,我想让你的十八罗汉救救急,你都没肯,这回,你可动了血本了。"

"你那一套,上海滩快用不上了。"

"你别忘了,我在上海滩这块码头撑了多少年了?"

"要说打打杀杀,你有一手,可拿锄头铲刀的手,再也把不稳大上海的船了!"

"上海滩我是要回去的——到了上海,我就说是余胖子杀了你,我会给你披麻戴孝,让上海滩看看我唐老大的大仁大义,然后,我和大个子还要替你报仇呢,我那一刀子旧账,顺便也了了。上海滩,还得姓唐,这回你总算明白了?"

宋约翰望了望土坑,心中有些发毛,脸上做不了主了。宋约翰回头看了一眼老爷,口气突然有些软了:"大哥。"

"是不是想叫我饶了你?"老爷笑着说,"老弟,不饶人处且不饶——饶你?让你来就为了这个!"老爷往远处一送下巴,商量着对郑大个子说:"大个子,就埋了吧?"

宋约翰身后的男人猛一发力,宋约翰咕咚一声栽进了坑里。他在下滑的过程中脸上的眼镜飞到了一边,几把铁锹一同挥舞起来,地底下传出了宋约翰与泥土猛烈的撞击声。老爷俯身捡起宋约翰掉在泥地上的眼镜,在手里翻动了几下,对郑大个子叹了口气,说:

"今晚的麻将是打不成了。"

小金宝被一个家丁押了过来。她没有被绑,就那么走到了老爷的身边。雨水把她的长发淋得披头盖脸,她冲了老爷走过去,松松地将胯部送去,屁股扭得又快活又淫荡。"把我埋在这儿?"小金宝歪着嘴唇说。

"你还想在哪儿?"

小金宝用目光数了数,说:"十九个,老爷,你也真是,等你入了土,这不明摆着是你的十九顶绿帽子嘛!他们谁的尺码不比你长?"

小金宝向四处看了看,地上横的全是彪形死尸。"也好,"小金宝说,"十来个大小伙子——老爷,我可不是省油的灯。"

老爷的脸顿时就黯下去了。

小金宝妩媚地斜了他一眼。"你瞧你,又吃醋了,都吃到死人的头上去了。"

小金宝走到郑大个子面前,摸摸他的脸,对老爷说:"你别说,你这么多兄弟里头,还就数他不好色——男人家,不好色能有多大出息?"

"小金宝!"

小金宝拖了腔答道:"老——爷——"

"你还有什么要说?"

小金宝抬起头,想了想。她突然看到了远处的孤灯,那是翠花嫂的窗前等待与期盼的灯光。

"我是有一件事要求你——翠花嫂和阿娇,你放了,她们和这件事没关。"

"我没白疼你这么多年,"老爷说,"就数你明白我的心思,小阿娇我当然留下来,到上海调教调教,过几年,又是一个小金宝,翠花嫂,只能怪她自己命不好。"

小金宝在乱发的背后瞪大了眼睛。"狗日的——姓唐的你这狗日的!"

老爷笑起来,说:"小金宝,要怪还得怪你,谁让你那天夜里对她说了那么多,我的规矩,你又不是不知道。"小金宝张开嘴,一时找不到话说。小金宝的目光移向了孤灯,两行泪顿然间汹涌而出。小金宝回过头,回头扑向老爷,满头长发飘扬起来,像一头受伤的母狮。"狗日的!我挖了你的眼!"

小金宝刚一上去身后的男人就把她反揪住了,小金宝的腹部在灯光下剧烈地起伏,她的双腿乱蹬,脚下飞起一片污泥浊水。我知道他们要埋小金宝,我大叫一声,挣开了阿贵,向老爷飞奔过去,我的头一下撞到了老爷的肚子,一同倒在了泥浆之中。

"唐老大,你不得好死!我要杀了你!我在地下天天睁着眼,天天在你的脖子上瞪着你!"

一只脚踢在了我的头上,我什么也听不见了。

雨后的早晨格外干净。天更高,气也更爽,郁郁葱葱,在夏末晨光中做最后的姿态。初升的太阳停在山头，黄灿灿的，又湿润又干爽。我从昏沉中醒来，第一眼就看见了那把刀和那只碗，搁在灶台上，那是小金宝给我做盐水的大海碗。我的眼红肿着，头疼得厉害，伤心的雨夜极顽固地留在我的脸上。我托着那只碗，沿着草地来到了小金宝的墓前。但地上没有墓，只有一片新翻的泥土，散发出一股铁钉气味。我站在新土旁边，泪水滚下来，咸咸地流入嘴角。

我的记忆在这一刻彻底中止了，脑海里一片虚空。我放下碗，准备蹲下去。我在下蹲以前打量了一趟四周，这个打量要了我的命。不远处的小丘之上竟凭空坐着一个女人，散了头发，模样和小金宝如出一辙。这个骇人的画面使我如雷轰顶，我一个惊吓就跪了下去。我看见了鬼。我用力眨巴一下眼睛重新睁开来，那女人依然端坐在高处，对着初升的太阳一动不动，头发蓬松开来，打了一道金色边沿。我从坡后绕过去，从女人的身后悄然爬上高处。我明白无误地看清了面前的女人是小金宝。我小心地伸出手，我要用手证明我面前的这个是人，不是鬼。我小心伸出手，向她摸过去。

小金宝就在这个节骨眼上回过了头来。我的手僵在那儿，不敢前伸也不敢回收。小金宝的脸上又空洞又疲惫，无力地眨一下眼，显然是活的。小金宝无力地说："臭蛋你干什么？"我说："你有没有死？"我把手抽回去了，蹲下身紧张地问："你到底有没有死？"小金宝充满了怜爱。"我好好的。"小金宝无力地说。我勇敢地伸出手，抚摸小金宝的脸，温的，我托住小金宝的下巴泪水飞涌出来，小金宝平静疲惫的脸极伤心极难受地笑了。满天满地全是鲜嫩的太阳。小金宝贮着满眼的泪,把我揽进怀里,望着初升的太阳说:"又是一个乖太阳。"我抱紧小金宝的腰,满眼是血色的晨光。

身后传来了一个女孩快乐的笑声。是小阿娇的笑声。小金宝似乎被小阿娇的笑声烫着了,呼地站起身,远远地朝草地上望去。青黄色草地上夏末阳光分外灿烂。阿娇正搀着老爷的手在草地上一步一跳,如一只红色蚱蜢,老爷慈爱地望着阿娇,依旧穿着农夫的衣裤,像领着小孙女赶集的阿公。小金宝拉了我就猛跑过去,阿娇说:"爷爷,我到了上海,有没有好衣服穿?""有。"老爷拖了腔调说。"有没有金戒指?""有。""手镯呢?""有,都有。""我也要像姨娘那样!"阿娇满脸自豪地说。老爷轻轻抚摩着阿娇的脸蛋,眯着眼说:"好,也像姨娘那样。"小金宝猛地从小坡上冲下来,跑过去,在离老爷不远处立住脚。我看见小金宝的眼神霎时间如水草一样呈现出秋水姿态,有一种不确切的粉碎与波动的绝望。小金宝望着阿娇。她正勾过老爷的脖子,亲老爷的腮。老爷的目光像绒毛,亲切慈爱地吹拂小阿娇的面庞,微笑得如同秋日里的另一颗太阳。

"阿娇!"小金宝这样神经质地叫道。

小阿娇张开双臂,扑向了小金宝的怀抱。小金宝模糊的眼里小阿娇如同水面的一道清纯小波浪,哗的一声,爬上了小金宝的心灵之岸。"姨娘,我要上大上海啦。"阿娇高声说。小金宝拥住阿娇,一个劲儿地亲,两只眼却盯着老爷。"我妈先去了,"阿娇说,"我妈夜里头让老爷接到上海啦!"小金宝不说话,看着老爷向她笑盈盈地靠近。老爷回头看一眼草屋,静静地说:"都干净了。"老爷说着话就接过阿娇,摸阿娇的小辫子,小金宝一把反抢过阿娇,努力弄平静说话的语调。"阿娇,听姨娘话,"小金宝说,"我们不去上海。"小金宝才说了两句语速就快了,收不住,一句连一句往外蹿。"阿娇你不能去上海,那是个坏地方、鬼地方,到处是大老鼠……"阿娇眨了一下眼睛,顽皮地说:"我不怕,我们家就有老鼠。""阿娇。"小金宝急了,"听姨娘话,你不能去!"阿娇望着小金宝的疯样有些害怕,抱住老爷的一条腿,抬起头看了看老爷。老爷正对着她慈祥地微笑。阿娇竟也笑了。"姨娘你骗我,"阿娇说,"我妈还在上海呢。"小金宝说:"阿娇!姨娘带你在岛上,我们哪里也不去!"阿娇抱紧老爷的腿,只是摇头。"阿娇!"小金宝大怒说,"你不许去!你不许去上海!"阿娇把身子转到老爷的身后去,伸出半截脑袋,不高兴地说:"我妈早就说了,你这人不坏,就是说话不讨喜,哼!"

小金宝的脸上一下就傻掉了。

老爷抱起阿娇,哄了两句,对小金宝说:"你这是怎么弄的,怎么到了岛上,你连谎也不会说了?"

"我这是怎么弄的,"小金宝耷拉着脸自语道,"怎么连谎也不会说了。"她的声音没气力了,闷在喉咙里。小金宝自语说:"我连谎也不会说了。"

小金宝回到草屋后就坐在了床边,一言不发。阳光从窗子里爬了进来,斜印在地板上,留下窗棂的阴影。我从厨房里出来,看见老爷正站在阳台朝着河边对着谁点头。芦苇的顶上一只白帆被人扯上去了,只扯了一半,又停住了。那张破帆像一张裹尸布,弥漫出一股尸臭。

老爷很开心的样子,对我说:"臭蛋,叫小姐收拾收拾,要开船了。"

我站在过道与小金宝和老爷刚好形成一只三角。我对屋内说:"叫你收拾收拾,要开船了。"

"告诉他,我不回上海。"小金宝轻声自语说。

"小姐说,她不回上海。"我对着阳台传过话去。

"叫她别怕,"老爷大大咧咧地说,"我不会把满汉全席扔到黄浦江去。"

"老爷让你别怕,"我接着说,"他不会把满汉全席扔到黄浦江去。"

"别人不扔,我扔。"小金宝说。

"别人不扔,她扔。"我对着太阳那端说。

"我手下留一口气,是天大的面子了。"

我朝屋内说:"手下留一口气,是天大的面子了。"

"他想要,就拿去。"

"你想要,就拿去。"

老爷愣了一下,大声说:"臭蛋你瞎说什么?"老爷故意加大了嗓子说:"小姐怎么会说出这种混账话!"

我傻站住,不敢再传话。

"臭蛋,告诉他,小姐说了这样的混账话!"

我预感到不对,慌忙看一眼老爷,轻声说:"小姐。"

小金宝站起来,走到门槛前大声说:"你说,我不是他妈的小姐！"

老爷听见了。老爷什么都听见了。老爷拉下一张脸，临走时对我说："臭蛋，帮小姐收拾收拾，回家了。"

我紧张起来，和小金宝僵持在门槛两侧，小心喊道："小姐。"小金宝吁出一口气，平静了，好像扫干净胸口里的一口恶气，她摸着我的头，轻轻松松地说："帮我收拾一下，我要回家了。"

我点点头，走进小金宝的房间。小金宝倒过身，却进了厨房。我帮小金宝折叠好上衣，放在一块布上，扎成褡裢。我回到过道，看见厨房的门关上了，顺手推了一把，却关死了。我敲敲门，叫"小姐"。里头传出了咣当一声，像是刀子掉在了地板上。我重敲一遍，说："是我，臭蛋！"这时候门槛底下很意外溢出一丝鲜红的东西，洋溢出一股浓郁的腥气，我蹲下去，汪汪鲜血又迅猛又困厄地汹涌而出，冒着浓腥的热气。

我刹那间明白过来，伸出手用力捂住缝隙，死死往里堵，仿佛捂住了小金宝的汹涌伤口，不让血流出来。我大声说："别淌血了，姐，你别淌血了！姐、姐、姐你别淌了。"

老爷赶了过来，我张开血手，一把扑向了老爷。

我的脚被阿牛捆上了，拴到了船帆上。阿贵和阿牛一扯风帆，我倒着身子被扯了上去。我口袋里的洋钱随着身体的上扯全都掉进了船舱，在船舱里四处飞奔，阿娇说："爷爷，怎么把臭蛋哥吊起来了？"老爷摸着阿娇的腮，笑着说："他没听话，做错事了，长长记性。"老爷高兴地对郑大个子说："我早说过，这小东西是块姓唐的料，我还真有点喜欢，好好给几鞭子，驯服了就好了。"

郑大个子说："是。"

我被一顿猛揍，倒悬在桅杆上。水面上一片刺眼的水光。小船启动了。老爷和郑三爷坐在船帮看阿娇在舱里嬉笑。阿娇极开心，心中装满大上海，笑脸格外甜，眼睛格外亮，声音格外脆。老爷说："阿娇，告诉爷爷，你最喜欢做什么？"阿娇并了脚尖，在屁股后头掰着手指头，撒了娇说："唱歌。"老爷就开心，老爷说："阿娇唱一个给爷爷听听。"阿娇看一眼我，说："把臭蛋哥放下来吧？"老爷说："你唱你的，阿娇，等他听话了就放他下来。"

"到上海就要听话吗？"

"到了上海就要听话。"

阿娇想了想，说："我给老爷唱《外婆桥》，好不好？"

"好！"

　　摇啊摇，摇到外婆桥。
　　外婆说我好宝宝，
　　又会哭，又会笑，
　　两只黄狗会抬轿。

老爷顺着阿娇的节奏轻轻摇晃上身。小木船一左一右轻轻摇晃起来。湖面和孤岛以倒影的形式在阿娇的歌声里一点一点远去。孤岛在摇晃，被新鲜的太阳照耀得安详宁静优美妖艳。我的泪水涌上来，孤岛和水面就浑浊了。船一晃，泪水掉进鼻孔里去。孤岛和水面又清晰如初。阿娇唱得正起劲,船晃得愈厉害了,孤岛和水面就又一次晃糊涂了。

  摇啊摇,摇到外婆桥,
  桥上喜鹊喳喳叫。
  红裤子,花棉袄,
  外婆送我上花轿。
  摇啊摇,摇到外婆桥。
  ……

我猛一阵咳嗽,血往头上涌,我的头疼得厉害,快裂开来了。我的眼眨了几下,昏过去了,银亮雪白的水面夜一样黑了。